翻書說故事

辛德勇 著

浙江大學出版社
ZHEJIANG UNIVERSITY PRESS

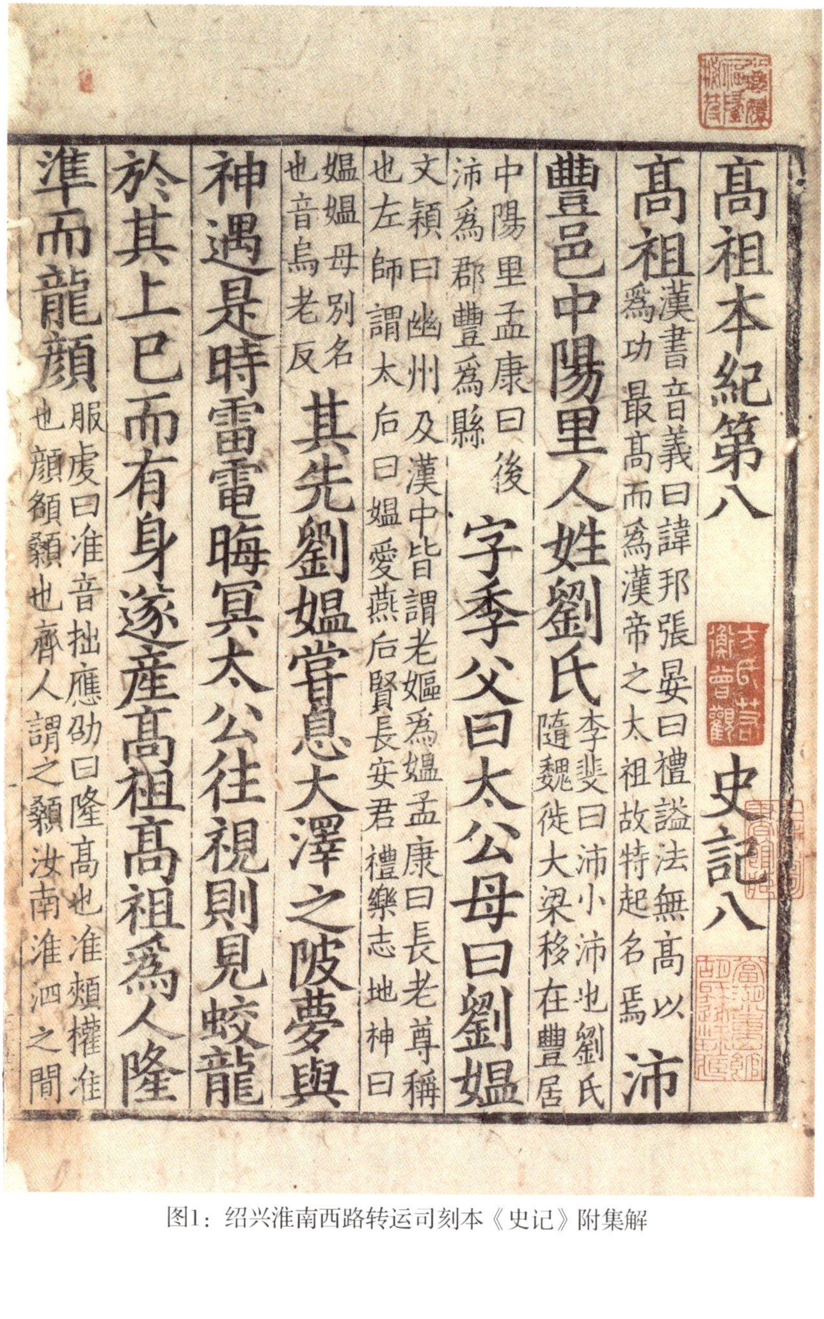

高祖本紀第八　　史記八

高祖漢書音義曰諱邦張晏曰禮謚法無高以爲功最高而爲漢帝之太祖故特起名焉沛豐邑中陽里人姓劉氏李斐曰沛小沛也劉氏隨魏徙大梁移在豐居中陽里孟康曰後沛爲郡豐爲縣字季父曰太公母曰劉媪文穎曰幽州及漢中皆謂老嫗爲媪孟康曰長老尊稱也左師謂太后曰媪愛燕后賢長安君禮樂志地神曰媪媪母別名也音烏老反其先劉媪嘗息大澤之陂夢與神遇是時雷電晦冥太公往視則見蛟龍於其上已而有身遂產高祖高祖爲人隆準而龍顏服虔曰准音拙應劭曰隆高也准頰權准也顏額顙也齊人謂之顙汝南淮泗之間

图1：绍兴淮南西路转运司刻本《史记》附集解

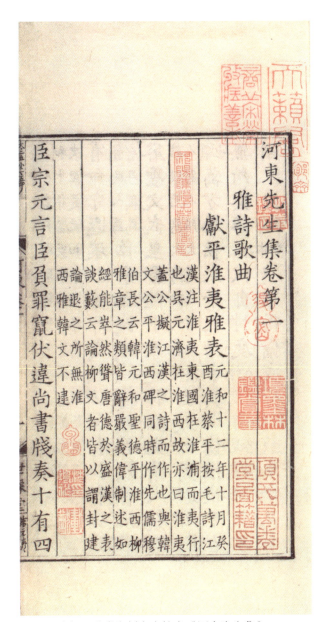

河東先生集卷第一

雅詩歌曲

獻平淮夷雅表　元和十二年十月癸　按毛詩江
漢注淮夷在東國　蔡平淮西故亦曰淮夷行
在淮西　淮西在淮浦而淮夷
也吳元濟在淮西

文蓋公公平淮江西漢碑之同時而作先也儒與韓
伯雅章之類皆元辭嚴義偉制述如柳
經能藪然贇文唐德於盛漢之表建
談退雅之文所不無建
西論雅韓之文不無建

臣宗元言臣負罪竄伏違尚書牋奏十有四

图2：世彩堂刻金应桂书《河东先生集》

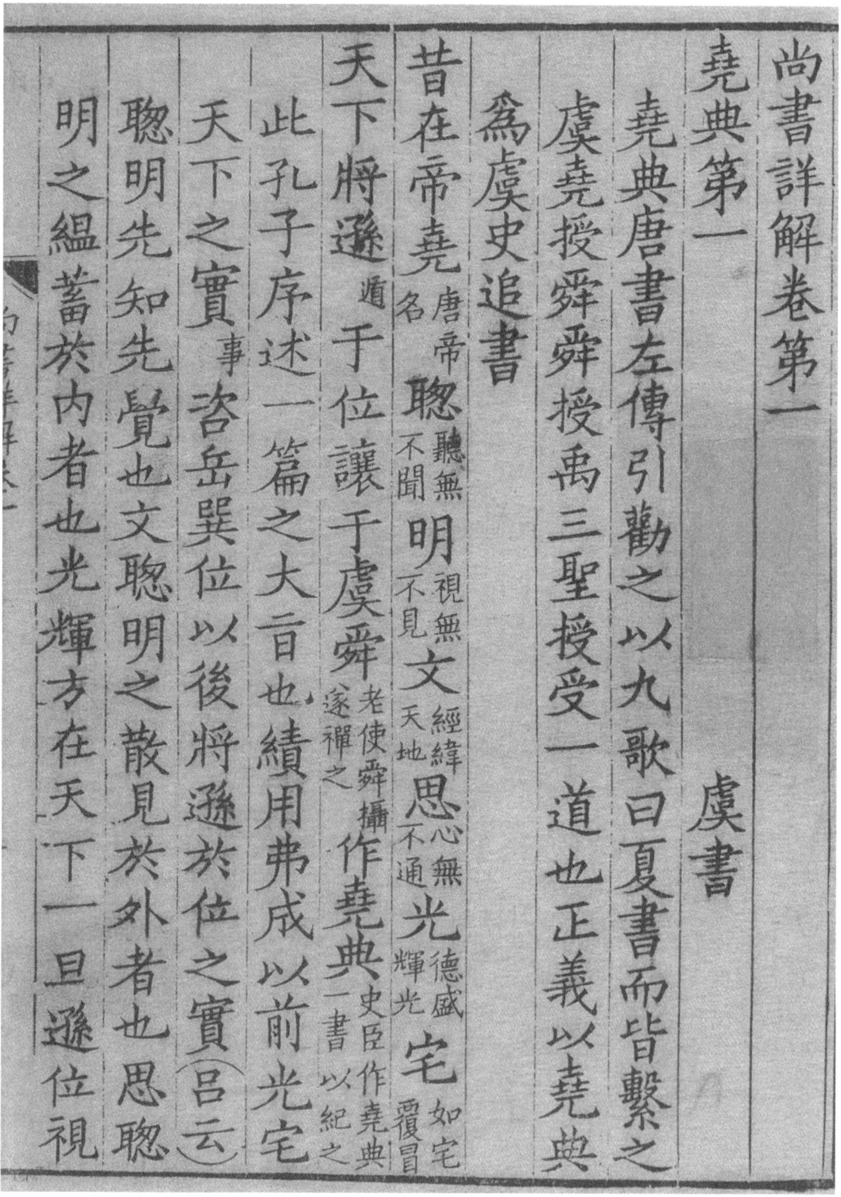

尚書詳解卷第一

虞書

堯典第一

堯典唐書左傳引勸之以九歌曰夏書而皆繫之虞堯授舜舜授禹三聖授受一道也正義以堯典爲虞史追書

昔在帝堯（唐帝名）聰（聽無不聞）明（視無不見）文（經緯天地）思（心無不通）光（德盛輝光）宅（如宅覆冒）天下將遜（遁）于位讓于虞舜（老使舜攝遂禪之）作堯典（史臣作堯典一書以紀之）

此孔子序述一篇之大旨也績用弗成以前光宅天下之實（事）咨岳巽位以後將遜於位之實吕云聰明先知先覺也文聰明之散見於外者也思聰明之緼蓄於内者也光輝方在天下一旦遜位視

尚書詳解卷一

图3：《通志堂经解》捺印本《尚书详解》

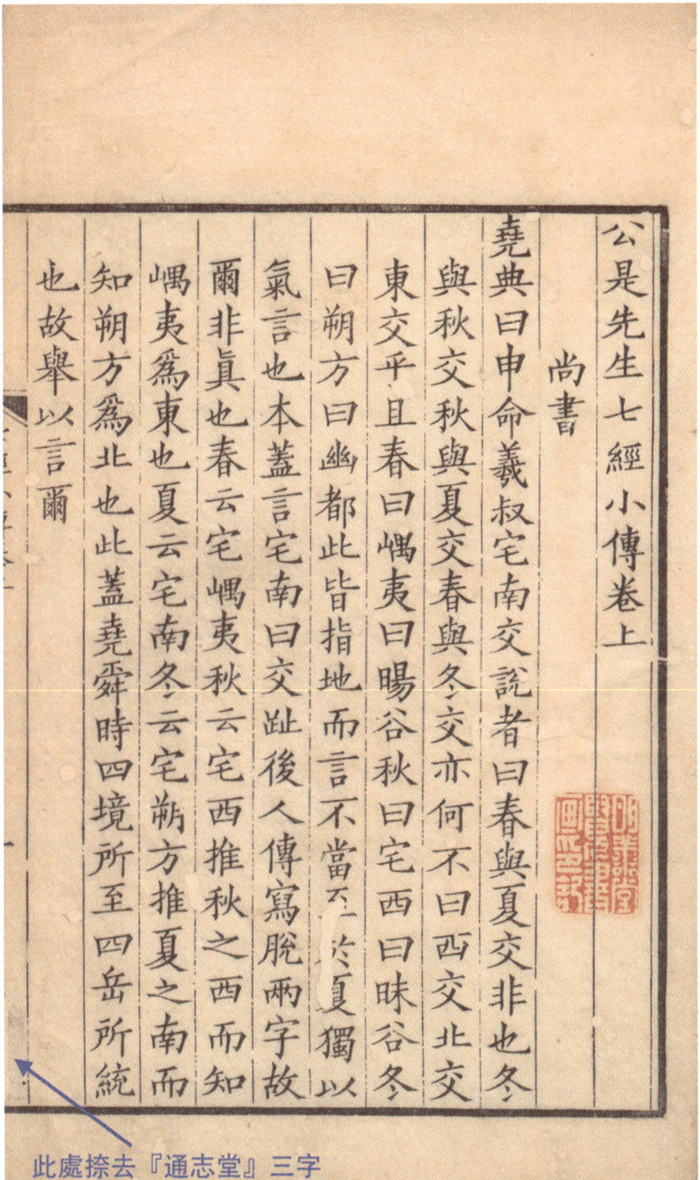

公是先生七經小傳卷上

尚書

堯典曰申命羲叔宅南交說者曰春與夏交非也冬
與秋交秋與夏交春與冬交亦何不曰西交北交
東交平且春曰嵎夷曰暘谷秋曰宅西曰昧谷冬
曰朔方曰幽都此皆指地而言不當不於夏獨以
氣言也本蓋言宅南曰交趾後人傳寫脫兩字故
爾非真也春云宅嵎夷秋云宅西推秋之西而
嵎夷爲東也夏云宅南冬云宅朔方推夏之南而
知朔方爲北也此蓋堯舜時四境所至四岳所統
也故舉以言爾

此處捺去『通志堂』三字

图4：《通志堂经解》捺印本《公是先生七经小传》

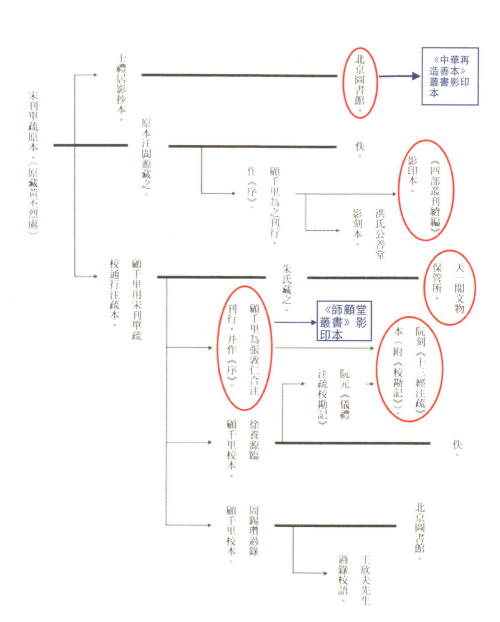

图5：乔秀岩绘《仪礼》单疏本流布图

自　序

　　2016 年秋，在写完《海昏侯刘贺》的书稿之后不久，我大病一场。到现在，还在康复之中。颓废之身，不敢花费气力看书做文章，于是就随意翻翻闲书，也随手写点儿东西。生性喜欢读书，对于我来说，这也算是一种别样的休憩和消遣。收在这里的文稿，大多是去年患病以来写下的，其中有两篇还是写在医院的病房里，不过也有个别入院治疗之前就已经写就的稿子。

　　清人袁枚尝有诗句云："病起翻书如访旧，春来养竹胜添丁。"这真是过来人才讲得出来的话。住在医院接受康复治疗时，医生鼓励我说："只有你自己多努力，才能早日回归社会。"这话听着虽然很像是"政府"跟受他们特殊管束的人讲的话，感觉怪怪的，但道理确实是这么个道理。读到的书，不一定都是旧日所有，但病后重生，再来读书，回到昔日的生活，捧起哪一本书来翻看，都像是在面对多年前的老友。

　　时间在不停地流动，历史逐时生成。故人自有故事，包括我自己在内。翻书随意，涉及的内容以及触发的感想，都会显得杂乱。不过一个人在较短时间内写下的文字，里面总会有些共同的东西。

　　作为一个学者，我真正的"专业"，是历史地理学，由于能力所限，实际上从事的只是中国历史地理问题的教学和研究工作。任何一个国家的疆域，都是在历史发展的过程中逐渐形成的，根本没有自古以来一直凝固不变的国界线，而疆域变迁，是历史地理学研究中一项传统的内容，我不能不予以关注。特别是现在中国与邻国之间还有一些未定国界，也有一些邻国主张的陆上边界或是海上的岛屿、界域与中国现有领土、领海有交集，这自然会引起我更大的关心。

　　从学术研究求真求实的本质出发，对待这些现实的边界和领土主权争议，我首先是要尽可能直接接触原始的资料，越原始越好。这就像我们看新闻报道，最主要，同时也是最为关键的事项，是到底发生了什么。至于报道者和评论家对事发原因的判断以及对事件性质、影响的评议，相对来说，并不那么重要，而且也有可能并不准确，甚至偏离乃至严重悖戾事物的本来面目。因为分析和评论者的社会立场以及内心的期望会对他的思考方式和倾向产生不同程度的影响，因而会导致其分析和评论的结果出现失误。

　　文集原拟收录《白皮书告诉人们的中印边界问题》一文，为使本书尽快面世，暂时没有收录。文章通过一册当年中国政府的白皮书，向读者介绍了当年中印边界冲突的过程及其时代背景。这种白皮书，就是当时的原始文献。读这样的书，可以非常直接而又准确地了解中国政府的完整说法和态度。勿庸赘言，这与印度一方的说法当然会有所不同。

　　外文好而且有条件的朋友，最好能够同时阅读一些印度方面以及国际上一些与之不同的记述和说法，这样才能够更全面地了解边界问题的复杂性和解决的难度，更好地理解中国政府为最终和平解决中印边界问题而不得不长期维持双方实际控制线的苦心

（这条实际控制线与中国政府所主张的边界线是有重大出入的）。

包括中印边界问题在内，目前中国与周边邻国在边界和领土主权上的争议，我理解，在很大程度上都属于历史遗留问题，是中国走向现代世界体系过程中需要与邻国相互协商界定的重要内容。

现实的状况，既然是历史形成的，那么，若是一时找不到合适的方案以取得当事双方的认可，就不妨像邓小平先生所主张的那样，暂时搁置争议，留待将来解决。历史在不停地向前发展，天下没有一成不变的东西。这一时代很难很难的问题，对于另一个时代的人来说，也可能会变得十分简单。在当下，人们多读一些第一手或是较为原始一些的史料，譬如一些相关协定、条约、宣言、通告的原文，多了解一些边界问题的由来和解决的难度，会使更多人的思考变得更富有理性。

当然，作为专业的历史地理学者，在这一方面，本身就承担着更大的责任。按照我的理解，这种责任，首先就体现在通过实事求是的研究，探究历史的真相，并及时将研究的结果公之于众。

在这一点上，创建中国历史地理学科的老前辈谭其骧先生，做出了很好的示范。文集中《实事求是是学者最重要的精神品质》这篇文章，是我在谭先生逝世二十四周年之际对他的缅怀。谭其骧先生对中国历史地理学的创立和发展，都贡献多多，值得缅怀的业绩数不胜数。谭先生对我个人也是关爱有加，恩深情重。但在当下，最令我崇敬，同时也最令人感慨的，便是他那种不管面对什么问题都能一以贯之的实事求是的精神品质。这也是令我追慕无已的学者风范。

边界问题，只是国与国关系中一项比较特殊的问题。国家关系中，更深层的内涵，是经济与文化的交流。大地上界线分明的边境并非一成不变,任何一种文化,更加不会在封闭的环境下发展。

现在中国颇有那么一拨人,总是强调自己生长的种群要比这个区域以外的人更加优秀,从而认为自己的行为、自己的国家也事事不能和别的国家一个样。这样的想法和做法,实在匪夷所思。

中国人也是两条腿的直立动物,而不是三条腿的癞蛤蟆,不一样的恐怕只是这些人内心的感觉。过去中国人和洋人做爱生孩子的少,你非要说中国人的血液和基因不同寻常,还真的不大好验证。可是现在不管东洋还是西洋,无论白种、黄种还是黑种,中国人和全世界各个地方、各种肤色的人都交媾过了,生下来的孩子仍然是个人,而不是妖怪,同时还具有繁殖后代的能力,不像公骡子和母骡子,怎么折腾也整不出来个小骡子来。这就充分证明了中国人和世界上所有的人都具有共同的基因组合,确实没啥独特的地方。

其实国际上的先贤和智者,早就普遍明白这一点。所以马克思和恩格斯才会号召全世界无产者联合起来,《国际歌》里唱的也是“英特纳雄耐尔就一定要实现”。没有共同的生理基础怎么能行? 与此不同的,只是希特勒和拜倒在他脚下的纳粹信徒。

中国人能和外国人交欢,中国的文化也是在与域外各地的相互交流融合中日趋繁盛的。文集中的《在交流中发展的中国历史》,本来是一篇讲演稿。撰写这篇文稿,是为了参加 2016 年 10 月在莫斯科举行的中俄双语版“中华文明史话”丛书的发行仪式。出国签证已经办好,没想到病倒住进了医院,无法成行。

“中华文明史话”丛书是由中国大百科全书出版社筹划出版的。这套书是中外双语对照,意在向海外介绍中国历史知识。这本来是很好的选题,社会效益和经济效益都应该不错。现在至少已经出版了几十种,而且起码是有了英、俄两种文本,或许还有更多。

　　大概是觉得有个学者挂名会更有利于书籍的流通和销售吧，他们请我做了个挂名的"主编"，其实我什么事也没管，都是他们社自己搞的。中国大百科全书出版社的人，让我给这套书写了篇简短的序文。事出应酬，所说俱卑之无甚高论，但我在文中特别指出：主要面向海外读者编撰出版的"这套丛书，并不应该成为一种自我夸耀的演示。每一个国家和民族都具有值得同等骄傲的优秀文化，也都带有诸多同样丑陋的斑点。我们需要的是相互的理解与交流"。我希望出版"中华文明史话"丛书这样的读物，"能够有助于普通外国民众更多地了解中国，认识中国，进而沟通我们的心灵，共同面对逐渐融为一体的世界"。这次计划赴莫斯科，我想讲的意思，还是这样。于是，就有了这篇没用上的讲稿。稿子的内容，同样很浅显，只是在这个特殊的大时代里一个小人物微不足道的想法，把它收在这里，是为了给后世研究社会史的人保存一份资料。因为我知道，还会有那么一些人，有着和我一样的想法。

　　接下来和大家谈谈《又见〈仪礼图〉》、《写在师顾堂本〈仪礼图〉书边的话》和《喜迎〈仪礼疏〉》这几篇文章。这几篇文章，讲的都是师顾堂新印的书籍，讲的也都是经学文献。

　　这些年来，师顾堂影印的一系列古籍，不管是书籍和版本的选择，还是制作的工艺，在当前中国洋装低价的实用影印书籍中，都堪称位居魁首。师顾堂主人沈楠先生，以个人之力，利用业余时间，成此事业，为功于学术非浅，可喜可贺，可称可颂。

　　近年，由于多方面的原因，在社会文化领域和文史研究界内，似乎形成一股不大不小的"经学热"，而在其背后更大的热潮，是所谓"国学"之热。在这种"国学热"背景之下出现的"经学热"，其中有很大一部分人是想要读经救国的。这当然是一条怎么走也走不通的死路。历史的经验，早已充分证明了这一点，在此无须多谈。

所谓"国学"，多加个字儿就叫"中国学"。关于这个"国学"，在文化观念上，我完全赞同李零先生的观点，"国学"就是"国将不国"之学。在学术层面，我认为它是幼稚的。不管是叫"国学"，还是叫"中国学"，像这种以地域空间来命名的学科，只要不是在地理学的范畴之内，都只能是域外区域的人初步接触、认识这一区域时对它进行的粗浅研究。因为介入太肤浅，也不妨这么稀里糊涂地叫。不然的话，就是荒唐的。

在纯学术层面，重视经学研究，固然是一件好事。这不仅因为经学是中国古代文化的核心，而且早期的经学文献，涉及古代文化的方方面面，牵一发而动全身，不能不予以高度关注。研究经学，研究经学文献，都是很重要的基础性工作。

就目前学术界的总体情况而言，似乎太多的人是在传统经学固有的范畴之内研究经学，研究经学文献。这是必要的，而且也是应该的。但我想，从这一学科的总体发展角度来看，其进一步的展开，似乎应该向两个方向做出较大努力。

第一，是经学研究与当时历史活动实际的紧密结合。中国传统的思想文化，大多是有为而发，与当时的社会实际具有密切关联。因此，深入研究哪一个时代的经学思想，必然要触及其赖以产生的社会环境。单纯就经学而谈经学，毕竟只能解决极小一部分问题，更多的问题，更深入的认识，一定要密切结合当时与之相关的各项历史问题来展开。当然，要做到这一点，特别是做好这一点，是很不容易的。这需要长期耐心细致的研究，不是一股热潮所能解决的。

　　第二，经学文献的研究，不能局限于汉代以来经学家厘定的文本和这些经学家对其文本的解释。这些文献被尊奉为经书并凝固下来，有一个"层累"构建的过程。汉代是一个关键的转折时期。在汉代以后，雕版印刷普及的宋代，是传世文本进一步定型的另一个重要的转捩点。现在我们研究经学文献，就其总体目标而言，既不能仅仅满足于复原北宋监本之旧，也不能终止于汉儒传布的文本。打破历朝历代经学家建构的体系（譬如郑玄），追溯这些经书的本来面目和固有涵义，是深入研究所必然要面对的问题，也是大多数研究者不能回避的任务。

　　具体的做法，则是走清末学者孙诒让做《周礼正义》时走过的路，尽可能利用更早、更可靠的两周金文以及其他一切可以运用的史料，跳出昔日经学家的窠臼。这样，才能取得更有突破性的进展。两周以迄秦汉时期出土文物、文字材料，也为这样的研究提供了充分的条件和可能。

　　我本人对经学并没有研究，因为不懂古文字，实际上也没有能力从事这样的研究，但是，尽管身不能至，却心向往之。在这里只是谈谈自己心目中的经学和经学文献研究应该怎样更好地向前发展，以及期盼学术界出现什么样的研究成果。像师顾堂精心影印的这些典籍，只是为人们走向上述目标所做的一项重要基础工作。

　　师顾堂主人沈楠先生为治学者影印这些书籍，是因为研究古代文史，需要好的版本，秦汉以前的问题尤甚。但对文史工作者来说，比版本的讲求更基本的需要，是首先要努力读书。学术研究是一项很艰苦的事情，需要潜心读书，长期积累。

　　很长一段时间以来，总有人大力宣扬，将依赖某一新史料的发现来根本改变人们对历史的认知。这里面固然有新闻媒体因猎奇而大肆渲染的因素存在，但更主要的还是学者们自身的认识和所发表的言论所造成的局面。而在我看来，这似乎颇有偏差。

所谓学者自身认识的偏差，实际上包括两种情况：一种是自己真信，另一种是自欺欺人。这两种情况，性质虽然有很大差别，但只要话一讲出来，社会效果是完全一样的。事实上能够在重大历史问题上对传世史籍的记载起到颠覆性作用的新发现是少之又少的，更多的新发现，起到的只能是拾遗补阙的作用。因而研究者只能踏踏实实地好好读书，特别是读好传世基本典籍，而不宜一味盯住新发现不放。

收在这里的《令人狐疑的〈史记〉》这篇文稿，针对的是媒体的误传，即媒体把海昏侯墓发掘人杨军先生讲演中提到的《礼记》误记成了《史记》。敝人文稿发布后，有关方面已经公开澄清相关情况。但在拙文于自媒体上发布之前，海昏侯墓中发现《史记》的说法却是在网上四处流布，影响很广，所以我才撰写此文，表示质疑。现在仍然把它收录在这本集子里，是因为这篇文章所论述的学术方法问题，实质上已超越《史记》问题本身。当前，人们在更广阔的范围内，或许会涉及同样的问题。

当海昏侯墓出土《史记》的"假消息"在社会上广泛传布之后，就有人说，有了这一发现，"不知多少历史将被颠覆"。这样的话，很典型地反映了很大一部分学者对待出土文献与传世文献关系的态度。这些人非常急切地期望用新发现的材料来"颠覆"传世基本文献所记载的历史样貌。这种态度，才是我这篇文章所针对的实质性目标。

在历史研究中，除了首先要充分尊重传世文献的记载之外，我在这篇文章中还提到一个很简单的道理：历史的发展，总的来说，是有规律的。因而不要总期望有什么出人意外的新发现，要是看起来超乎寻常，往往意味着我们面对的情况存在问题。当然，并不是所有的研究者都清楚这一点，更不是所有人都认可这一点。

过去我写文章，指出旅顺博物馆所藏雒阳武库钟上的铭文出自后人赝造（见拙作《祭獭食跖》所收《雒阳武库钟铭文辨伪》一文），首先就是基于直到元封时期我们还见不到汉武帝在现实生活中采用年号纪年的证据，而我们所见到的实际情况，是不管考古发现的汉代器物铭文，还是传世文献引述的汉武帝时期的简牍，都清楚表明元封年间绝无使用年号纪年的做法。与此相比，雒阳武库钟是一件缺乏考古学程序的传世文物，即使铭文没有丝毫破绽，也不宜轻易信以为真；况且在我看来，这篇铭文还罅漏百出，赝造的迹象相当明显，我就当然有充足的理由来指明真相。

做学术研究，谁都会犯错误，我也不能例外。别人不同意我的看法，是很正常的，但有人撰文对拙说加以批驳，却回避那些元封年间未尝使用年号的证据，不对这些证据做出必要的解释。在我看来，至少在研究方法上，是只见树木，不见森林，是片面、孤立地看待问题，看不到历史的总体规律，不明白悖逆这样的一般规律正是赝造文物最容易败露的马脚（顺便指出，在其他具体的论证环节上，我也不认为这位批评者的说法是合理的。以后若有合适的机会，我会逐一做出说明的）。同样，站在这样的立场上，我们对考古发现，也不宜怀抱无限的预期，以为什么都是有可能出现的。还是安下心来，好好读书做学问。

《黄永年先生对中国古籍版本学的贡献》和《雕版印刷的今天》这两篇文章，都与古籍版本和雕版印刷有关。过去我对这方面没有花费功夫做专门的研究，自从 2004 年秋转调到北京大学教书以后，才基于授课的需要，逐渐加深对古籍版本和版刻史的关注，并尝试做了一些研究，发表了一批论文，也出了书。

业师黄永年先生，对我恩重如山。但学术乃天下公器，即使个人感情深重如此，我也不愿意单纯从情感出发来赞颂先生的学术贡献。譬如先生研究的一大重心隋唐史，我对这一领域缺乏足够深入的了解，即从来不敢妄置一词。这篇《黄永年先生对中国古籍版本学的贡献》，其核心观点，虽然是承自同门学长贾二强先生，但这也是我在充分对比同一领域相关著述后才切实认同的观点，也是我在十多年来的教学和研究工作中所深切感知的实际体会。稍微有些遗憾的是，这只是一篇临时赶写的讲演稿，表述得很不系统，也很不充分。希望日后有机会能够更加完善地评述黄永年先生在这一领域所做的卓越贡献。

在此需要强调的是，包括版本学在内的文献学研究，只是业师诸多学术创见中的一个基础层面。先生一直以为，具备札实的文献学基础，是从事文史研究必备的前提条件，但却从未满足于做一个文献学专家，更不愿局限为版本学专家。对于黄永年先生来说，研究历史文献学，掌握包括古籍版本辨识能力在内的文献学知识，更多地是作为治学的手段，而不是最终的目的。

将近二十年前，中国古代史学界一位与先生年龄相仿而且名望很高的教授，对我评述黄永年先生的学术成就，大意谓像《唐史史料学》这样一些历史文献学著述，才显示出先生的学术水平。言外之意，对先生其他历史学研究成果，似不以为然。作为晚辈，我虽不会和前辈当面争执，但对这种看法，是期期不敢认同的。说老实话，以那位先生的总体文史素养和他对相关领域问题的认知程度，是不大有资格来这样评判黄永年先生的。在他们那一辈学者中间，像黄永年先生一般博通的学者已经极为罕见，许多人不明白一位像样的文史学者究竟应该怎样做学问，应该做出什么样的学问，因而他不被一些"专家"者流理解，不被这些人认可，应该是很正常的事。

《雕版印刷的今天》一文，虽然是一时有感而发，但却是对传统雕版印刷在今天的传承及其地位的认真思考。论述的背景，是近年出现了各种仿效古本雕印的书籍。当前，以"弘扬传统文化"为名，弥漫着种种形态的复古思潮和行为。人类历史上具有重大影响的"复古"思潮和行为，都是以"复古"的面目而实施改革，不拘中外，都是如此。真正的为"复古"而"复古"，从来都是没有出路的。

传统的雕版印刷，是中国古代先民对人类历史的重大贡献，对推动中国文化的发展，作用更加重大，为功甚巨。不过在后来的历史进程中，中国落在了后面，西方近代印刷技术，大大超越了中国。这就是我们面临的真实世界。当前，绝大多数实用的印刷品，只能采用新式的印刷技术，雕版印刷，即使是用电脑控制的自动雕版，也不具备商业化生产的优势。因此，雕版印刷技术，只能局限为工艺性印刷品的制作。这就是我的观点，也是晚清以来雕版印刷的历史带给我们的启示。

靠做学问吃饭的人都要买书，买下来收在屋子里，就成了藏书。我买书、藏书数量比较多一些，种类也杂一些，有些人对此很有兴趣。关于买书、藏书，这本集子里收录了三篇文章，分别是《丁酉初春海淀购书小记》、《学者买书》和《我的捺印本》。前两篇文章，是谈学者买书、藏书的旨趣终究是在读书，后一篇是借自己的藏书这个由头，介绍一下所谓"捺印本"书籍。这几篇文章的内涵都比较简单，在这里就不再多予叙说了。

学者大多都是在读书治学中度过自己的人生，但每个人的活法并不完全一样。文集中其他三篇文稿，即《自己安心，也让朋友静心》、《东北汉子》和《人生三章》，或写自己，或写友人，都是涉及人生的话题。假如人生在世，你必须在"要么孤独，要么庸俗"之间做出抉择，我是宁愿孤独地走完生命的旅程的。

这话讲得有点儿悲凉了。好了，快乐一些，让我们回到前面引述的袁枚那句诗。那句诗的后半句，是说"春来养竹胜添丁"。又一个春天，马上就要到了。现在把这本书稿交给出版社，感觉像一个孩子就要出生了。希望读者也能够喜欢它。

2018 年 1 月 27 日

目　录

求真求实是学者最重要的精神品质

——纪念谭其骧先生逝世二十四周年

今年，2016 年的 8 月 28 日，是谭其骧先生逝世二十四周年纪念日。大多数国人，已经惯于逢五逢十举行纪念先贤的活动，或许会觉得"二十四"这个数字有些不上不下。其实，在中国古代，"十二"是所谓"天之大数"，也就是一个重要的天象循环周期。因此，"二十四"便是这个周期再度循行的结束，当然是个整数。

谭其骧先生，是中国新式历史地理学的创建人之一。先生和业师史念海先生以及侯仁之先生一道，共同努力，打造出了这一崭新的学科。

在创建中国历史地理学的这三位著名前辈学者当中，谭其骧先生强调的学术旨趣，有一点比较突出，这就是实事求是。换句话来表达，就是历史地理学的研究，同天底下所有学科一样，要以求真求实为根本宗旨。相比较而言，业师史念海先生以及侯仁之先生，在对学术追求的表述上，都更强调历史地理学的经世致用功能，更强调历史地理学相对于传统沿革地理的发展变化。

我理解，这三位前辈学者的学术追求，从本质上看，并没有

1

很大区别，他们的不同表述，是因各自所针对的层面有所不同。业师史念海先生和侯仁之先生的学术取向，更多地是基于近代中国积贫积弱的现实，想通过学术研究，为国家的富强做出积极的贡献，更多地侧重于历史地理学科新的发展。而这些在一个学科总体构造中，是处于表层。若是用我以前做过的一个比喻来说，是学术研究的终极目的，是"出口"。谭其骧先生强调的学术宗旨，则是针对学术更内在、更本质的基底。不管是学术的致用效果，还是其实质性进展，都要立足于坚实可信的基础，而要想获得这样的基础，我们的研究，就必须首先从求真求实的目的出发，处处遵循求真求实的原则。这是进入一个学科和一个问题的"入口"，是人所必经的门径。道理不言自明：只有先进得门来，才能谈得上如何出门。要是连门都没资格进，真是"夫复何言"哉！

世人谈及治学的方法，往往都是有为而发，有具体的针对性。

我理解，谭其骧先生大力倡导实事求是，一方面是新型历史地理学的建立和发展，首先需要有一个稳固的疆域政区基础。他花费巨大精力主持编绘的《中国历史地图集》以及其他一系列重要的疆域政区研究，就是在这方面做出的卓越贡献。从总体上来说，没有这些成果，所谓新型历史地理学的建立和发展，只能是空中楼阁，甚至可以说是如同海市蜃楼的虚假幻象。

另一方面，谭其骧先生也是直接针对很多人在研究中不遵循正常的轨辙——即不认真读书，深入结合历史实际，仔细考辨文献史料，而是妄言历史地理学不同于其他历史问题研究的特殊性，以所谓地理学科的特点来规避基本的历史研究基础和程序，束书不观，满世界乱跑，美其名曰"考察"（实际上这些人大多既不懂地理，更不懂考古），曰"田野"；或者不顾具体历史实际，生搬硬套所谓"新方法"、"新范式"（其实有很大一部分还是老掉牙的旧把戏），乃至过分刻意地找寻所谓"新材料"，以此避难就易，信口雌黄。

下面我想举述两个例证，作为求真求实研究的典范，来说明谭其骧先生对待学术研究这一根本追求。

一个是关于徐弘祖，也就是所谓"徐霞客"的评价问题。自从 20 世纪 20 年代丁文江把徐弘祖树立成为中国古代最有代表性的优秀地理学家之后，学术界往往附庸其说，推崇徐某在地理学上有一系列重要创见，甚至还有人把他游山玩水的自我愉悦行为，说成是"爱国主义"情怀使然，愈传愈神。面对这一学术神话，谭其骧先生根据自己读书所见，在 1941 年发表《论丁文江所谓徐霞客在地理上之重要发现》一文，断然驳斥，说实际情况是"霞客所知前人无不知之"，即恰恰是由于徐弘祖熏染于明末空疏浮薄习气，不老老实实读书，浪游天下，才把前人早已知悉的普通常识，矜为自己的独特发现，诚属少见多怪。

常言云"艺高人胆大"。历史研究不是演杂耍，并不需要有什么过人的技艺，也不一定依赖什么神仙妙计，不过是放开眼界多读书，再开动脑筋认真想而已；换一句文言来说，就是博学深思。博学，就能够从大量的史料出发，结合丰富的历史知识，进行梳理归纳，再通过敏锐明晰的思辨，得出结论。所谓求真求实，亦不过如此而已。谭其骧先生的研究，往往都是这样，能够力排众议，自立新说。而那些不好好读书而又自以为是的人，往往对此感到很不舒服，甚至有很强烈的反感，希望能够不受检验地把自说自话自鸣得意一直进行到底。

在这一方面，谭其骧先生所做的另一项典范性研究，是关于"七洲洋"地理位置的考证。1974 年，西沙海战爆发，中越海上疆界问题，一时十分敏感。中国和越南的学者，各自都从历史上的所有权角度发表了一些相关的研究，而"七洲洋"的位置所在，直接关系到中国历史上对西沙群岛的领土主权问题。

各个国家的领土主权，都是在历史上逐渐形成的。因此，从学术角度研究历史时期的疆域界线问题，需要实事求是地分析各个不同时期的历史记载。只要你还认为自己算是一个学者，知道所面对的是学术问题，就不能简单地以"自古以来"概而言之。不管是怎样一种主张，在学术上，都需要以理服人。

谭其骧先生当时面对的问题是，自从1874年以来，无数中外著名学者，其中包括法国学者伯希和，日本学者藤田丰八，中国学者冯承钧、向达等先生，几乎众口一词，一致认定中国史籍中的"七洲洋"指的就是今西沙群岛。

这种观点，当然对中国政府有利。问题的严重性还不止于此，七洲洋的位置若是能够确定为西沙群岛，那么中国史籍中比"七洲洋"更南的"万里石塘"，就应该是指中沙群岛或南沙群岛。

对待这一尖锐而又敏感的问题，像对待所有学术问题一样，谭其骧先生坚持一切从实际出发，坚持科学地解读各种相关记载，从而得出了不同于流俗的全新结论：（1）明代及其以前中国史籍中的"七洲洋"，"指的都是仅限于今海南岛东侧七洲列岛附近的海面"。（2）清代图籍中的"七洲洋"，有广、狭两义，其狭义者所指一如明代以前，广义者则可包括西沙群岛海面在内，但也不专指西沙群岛海面。——总括上述两点，则"不论明以前的七洲洋旧义也好，清代的七洲洋广狭二义也好，七洲洋都不指或不专指西沙群岛洋面，更不等于西沙群岛。西沙群岛在旧籍中只作石塘、长沙或万里、千里石塘长沙等"。

具体的论述，见于先生所撰《七洲洋考》和《宋端宗到过的"七洲洋"考》这两篇文章，以及同时附刊的与夏鼐先生的通信。

文章刊发的时间，是在 1979 年至 1980 年间（这两篇文章后来都收入了 1994 年出版的文集《长水集续编》）。

这两篇文章都很短，却不是谁都有这个水平和能力写得出来的，更不是谭其骧先生之外还另有什么人也有这么大的勇气来写的。在当时的政治背景下，只有恪守实事求是的学术宗旨，才能够完全以历史事实为依归，并公开表述自己的学术看法。像这样的研究结论，自然会涉及对相关海疆主权争议中哪一方有利的问题，或是对谁"有用"以及"有用"、"没用"的问题。谈到这一点，我想起谭其骧先生给我写信时谈到的几句话："治学贵在实事求是，一以探求事务真实情况为依归，能对事务真相有所见，当然就有用。"不然的话，"则难免牵强附会，因而失真走样，或夸大，反有损科学性"。当然，谭其骧先生也算是恰逢其时，那是 20 世纪后期中国学术回光返照式的一个黄金时代，那时不管是谁，还都不能不尊重他的学术权威。

大概与性情相近有关，在学习历史地理学知识的过程中，我一直非常钦敬谭其骧先生的学术研究，虽然具体效仿的只是先生的地理考据方法，但更深切的敬意，出自对先生治学态度的仰慕。作为历史地理学界的一个后来者，面对世事风云的变幻，我愿意始终以先生为楷模，在学术研究中，求真求实，终生不渝。

2016 年 8 月 28 日记

黄永年先生对中国古籍版本学的贡献

各位朋友：

大家好。我们今天聚集在这里，纪念黄永年先生逝世十周年。

本来，但诚先生希望我综合谈论一下黄永年先生在文史研究各个方面的成就和贡献，这样，我们大家就能够更加全面地回顾黄永年先生走过的学术道路，从而更好地继承和阐扬他的学术精神、学术方法。

可是，黄永年先生的一生，纵情驰骋于古代文史研究的各个领域、各个时代，学术博大精深，而我这个不才弟子很不合格，没有能够很好地学习和领会先生丰富的学术成就，实在谈不出什么。

时下门生故旧缅怀师长，有很多人喜欢泛泛颂扬，甚至"神化"逝去的前辈，特别是自己的老师，而不是讲述切实的心得。

譬如，前不久我们就见到，有人甚至搬出了我们这一辈人非常熟悉的"天才论"，同时重新举起"超天才"的招牌，颂扬其师已经超越"纯粹的天才"而"自创一套卓越的史学方法"。"天才论"是什么？我们在座的年轻朋友，若是平常不大注意当代史，大概都不会知道。其核心言论，我小时候差不多是天天背的，现在还可以随手写给大家看：

> 毛泽东同志是当代最伟大的马克思列宁主义者，毛泽东同志天才地、创造性地、全面地继承、捍卫和发展了马克思列宁主义，把马克思列宁主义提高到一个崭新的阶段。

这是谁的杰作？是林彪，林彪讲这些话之言不由衷，"九一三事件"之后谁都明白。了解我们这一代人的经历，各位朋友也就很容易想象，当我看到这样的"天才论"文字竟然堂而皇之地在学术期刊上正式发表出来的时候，会感到多么恶心。

话说到这个地步，借用一个历史政治术语来评述，就是"事情正在起变化"。那么，起了什么变化呢？这个变化，就是由"神化"变幻成了"神话"。我觉得，在学术问题上，这样讲神话很不好，除了给自己拉大旗做虎皮之外，实际上无助于从前辈学者那里汲取到更多的营养，反而还会损害前辈学者的形象，造成盲目崇拜的社会效果，让这些空洞，同时也难免大大言过其实的颂扬话语，误导听众或是读者，给学术研究带来消极的影响。

我是个书呆子，不喜交游，也不善交游，直接接触到的学术前辈很少；同时，读书也不是很多，见闻都很有限。不过就我十分有限的经历而言，在面对面见过的文史学者当中，还没有什么人的学养比黄永年先生更为丰富；在读过其著述的与他同龄以及年龄更小的学者当中，也就是在 20 世纪 20 年代以后出生的这批学者当中，在学养上也没有什么人可超出其右。当然这只是我个人狭隘眼光之内的"见识"，眼皮子浅，"见识"自然低，与学术界高人的"公论"是完全不同的两码事儿，也绝不会相同。

当然学养丰富并不能等同于学术见识高深，有学养而乏见解的学者亦大有人在，但没有足够的学养而能成就大师般的学术成就，孤陋寡闻如德勇，则未之见。我绝不相信在贫瘠的荒漠上会生长出参天大树。更老一辈的史学名家，如王国维、郭沫若、胡适、顾颉刚、吕思勉、杨树达、陈寅恪、陈垣、余嘉锡、孟森、唐长孺、邓广铭等各位先生，莫不博雅深醇。有此学养，方能成就如彼学业。

尽管如此，谈到先生对具体问题的研究，则非与学术界同行的相关研究仔细对比，便不宜轻谈是非和得失，更无法与并世学者衡量轻重。对于我来说，稍微能谈上几句的，只是先生的古籍版本学研究（这在先生的众多研究成果中，只占很小的一个角落）。所以，就来和大家简单谈谈黄永年先生对中国古籍版本学研究的贡献。

首先需要说明，今天我在这里讲的基本观点，本来是由同门学长贾二强先生提出的，即从总体上看，科学的中国古籍版本学的发展，迄今为止，大致经历了如下三个阶段：第一阶段，其代表性学者为王国维先生；第二阶段，其代表性学者为赵万里先生；第三阶段，其代表性学者为业师黄永年先生。

王国维先生的代表作，是《五代两宋监本考》、《两浙古刊本考》《覆五代刊本〈尔雅〉跋》、《宋刊本〈尔雅疏〉跋》、《宋越州本〈礼记正义〉跋》、《旧刊本〈毛诗注疏〉残叶跋》、《残宋本〈三国志〉跋》等文章。

黄永年先生总结说，王国维先生"抓住宋刊本中的浙本尤其是其中的监本作为研究的重点，不仅依据现存的印本，而且能广搜文献中的资料并加以条理化，使人们读后对五代宋以来刻本的发展趋势了然于心，从而将我国的古籍版本这门学问引上了科学的道路。其贡献绝非叶德辉、孙毓修及其他旧式版本专家之所能企及"。

黄先生又说，从王国维先生的研究起，中国古籍版本学的研究，才"开始走上科学道路"（说见业师《百年来的中国古文献研究》）。

这些论述，言简意赅，清楚指明了王国维先生在版本学研究上的历史地位，同时也指明了当代学者对中国古籍版本学进行科学研究的出发点和赖以立足的基点。

王国维先生虽然为中国古籍版本学的研究开辟了一个科学的方向，但就一个学科的体系化建设而言，他所做的研究还仅仅是开始。真正使中国古籍版本学研究在科学的道路上走向系统化的学者，是王国维的学生赵万里先生。

赵万里先生对中国古籍版本学研究的贡献，主要体现在 1952

1952 年 10 月中央人民政府文化部文化管理局出版《中国印本书籍展览目录》

年发表的《中国印本书籍发展史》一文中。同年下半年，北京图书馆举行"中国印本书籍展览"，赵万里先生改写此文，作为展览目录前面附加的"说明"，刊印在当时印行的《中国印本书籍展览目录》的前面，对中国古籍版本的总体发展状况，进一步做出了科学的说明。因此，这一年，可以说是中国古籍版本学研究进入全新阶段的重要年份。

另一方面，赵万里先生对中国古籍版本学研究的贡献，还有很多具体的内容，都体现在他主持编著的《中国版刻图录》上（这部《中国版刻图录》最初是在1960年10月由文物出版社出版发行，后来反复重版再印过多次，现在性价比最佳、对于学者来说使用起来最为便利的是日本京都朋友书店在1983年9月的精装重印本）。在《中国版刻图录》的前面，有一篇序文，作者署名曰"北京图书馆"，但实际上出自赵万里先生的手笔，文中概述中国古代版刻发展源流，同样是依据《中国印本书籍发展史》一文改写，不过文字内容似乎不如《中国印本书籍展览目录》的"说明"更为详明。

通过这些论著，赵万里先生为中国古籍版本学建立起一个初步的学科体系，但认识还很不完善，存在相当严重的薄弱环节，同时也还有一些相当重要或是关键的要素，有待做出明确的说明。

黄永年先生的古籍版本学研究，继承了王国维、赵万里先生的研究路径，把对历代版刻特点和版刻发展规律的研究，置于中国古代历史文化发展的总体背景下加以考察。除了大量具体典籍的版刻辨析之外，其更重要的成就，是从宏观视野出发对中国古籍版本学学科体系的构建。

这些宏观性研究，主要体现在所著《古籍版本学》一书中。这部书的正式出版，虽然已经迟至2005年，但相关内容，从1978

年在陕西省给古籍专业人员的讲习班授课开始，即已基本写定成文，其印本则先后有内部油印的"简本"、"中本"（指篇幅介于简、繁两种文本之间）和"繁本"几种简繁程度不等的印本，以适应不同的授课需要，在学术界广泛流传（其中的简本曾编入邓广铭先生主编，在1990年正式出版的《中国历史知识研究手册》，亦收入黄永年先生在2003年出版的《古文献学四讲》一书当中）。此外，黄永年先生和贾二强先生合著的《清代版本图录》，也对清代版刻提出很多具体看法，与《古籍版本学》的清代部分相辅相成，可以对读。

若是在这里做一个简单且很不完全的概括，可以把黄永年先生对中国古籍版本学建立和发展所做出的主要贡献归纳如下。

（一）明确研究古籍版本特征的主要着眼点

关于这一问题，世人所云，往往端绪纷杂，不得要领。黄永年先生则明确指出了如下三大要素：（1）字体。（2）版式。（3）纸张。这些要素，科学、简洁、明了，而且具体处理这三大要素时着意的层次非常清晰，尤其便于学者掌握。

在赵万里先生的研究中，根本没有做过这样具体的表述。事实上，赵先生对一些不同系统版刻的重要特征，尚且缺乏正确的认识。在其他一些学者编纂的版本学著述中，虽然做过一些相关的说明，但论述都比较含混杂乱，实际上没有一个清楚的头绪。

（二）进一步完善赵万里先生总结的宋元本体系

在这一方面，黄永年先生所做的具体工作，首先是清楚归纳总结了宋、金、元各个时期的刻本以及古代活字本的版刻特征，也就是从上面所谈到的研究古籍版本特征的主要着眼点入手，准确概括并清楚指明宋元时期各种主要版刻在字体、版式、纸张等方面的基本特征。

在字体、版式和纸张这三大要素当中，纸张这一要素最简单，也最直观，但在当今中国公藏古籍管理体制下，学者想要掌握这一点反而最难。黄永年先生论述中国古代各个不同时期的版刻特点，在上述三大要素中首重字体，其次是版式，最后才是纸张。

这样的安排，首先是基于这三大要素重要程度的先后次序。字体，一时一地都各有其风格，独特性最强。相比之下，版式的独特性就要稍微弱一些。所以，辨识古籍版本雕刻的时代特征和地域特征，就要一看字体，二看版式。

除了这种最深层的原因之外，还有一项古书印制方面的技术性缘由，即雕制书版的年代与刷印书籍的年代并非总是合为一体，往往是分属不同年代，有时年代甚至相差很久。雕印书籍，在版片雕成之后，只要不受严重的损毁，可以反复多次刷印，以致南宋时期镌梓的书版，可以一直沿用到明朝，甚至清朝。在通常情况下，元朝、明朝或者清朝用宋朝旧版刷印的书籍，使用的应当是刷印当时生产的纸张。这样一来，仅仅依据纸张，就很难确定一部书的版片雕制年代。

在《古籍版本学》一书中，黄永年先生对各个历史时期和各个特色地域版刻的字体、版式，都做出了科学的归纳和明确的表述。就字体而言，如宋浙本为欧体，建本为颜体（具体而言，是指颜氏早年匠气浓郁的《多宝塔碑》一路，而不是晚年技艺成熟的《颜氏家庙碑》和《颜勤礼碑》那一路），蜀本则或在颜体架子上撇捺长而尖利，亦即渗入一定柳体成分，或撇捺不太尖利而点画比较古拙，等等。版式的情况也是如此。这样，古籍刻本的字体、版式衍变，就有了一个规范化的体系，而这样的体系，是此前赵万里先生未曾清楚揭示并且事实上也缺乏透彻认识的，如对宋代的版刻，他只是很概括地划分了宋刻本的地域体系，而对各个区域的版刻特点，并没有具体的说明。

需要指出的是，这样的工作，不是随便哪个人想做都能做出的。除了眼光敏锐、思维明晰、学养深醇这些一般性基础之外，黄永年先生之所以能够做出这样的总结，首先是与黄永年先生从少年时起就徜徉书肆收藏古刻旧本（包括影印本）的经历有关。这样的经历，使得先生能够通过常年的揣摩而获有心得。

另一方面，黄永年先生能够对历代版刻的字体得出这样的认识，也是基于他在中国古代书法和碑帖方面的良好造诣。就像收藏古刻旧本一样，黄永年先生也从很小的时候就开始收藏、赏玩石刻拓本，从事文史研究后更对书法、碑刻做过精深的研究，撰著有系统性的论著《碑刻学》（在日本刊印有日文译本）和《书法源流杂论》，其他相关专题研究论文还有《汉〈樊敏碑〉与唐〈樊兴碑〉》、《吴故衡阳郡太守葛府君碑额考释》、《记话雨楼旧藏〈马天祥造像记〉》、《叶昌炽所藏宋拓〈云麾将军李思训碑〉辨伪》、《读唐刘浚墓志》、《所谓"永贞革新"》等。另外，黄永年先生还自幼临池习书，有自己的实际体验，绝非无根漫谈。

我在这里特别强调指出这一点，是因为有一些自视知晓古代书法或是碑版文字的人，以为黄永年先生不懂书法，从自己的理解出发，对黄永年先生总结的古代版刻文字特征颇有异议（如上海某版本专家就当面向我表述过这样的看法）。希望各位朋友了解，黄永年先生不仅懂书法，而且对书法、碑刻的源流还有很深入的研究，提出过很多独到的见解，所说都是心得之言。

　　当然，更准确地说，所谓欧体、颜体云云，都只是说书版上镌制的字迹，在风格上从属于欧阳询、颜真卿这些著名书法家的路数，而不是和他们本人的墨迹完全一致。了解碑刻的朋友应该很容易理解，欧阳修早就讲过，即使是像颜真卿、柳公权这样一些名家书丹的碑文，字体亦时时与其手迹颇不相类，盖"由模刻人有工拙"使然也（欧阳脩《集古录跋尾》卷五"唐薛稷书"条），亦即刻碑工匠的技艺，使得碑上的文字与手书的字形产生了不同程度的差距。雕版刷印书籍，是一个远比打造石碑更具规模的手工业行当，因而书手写样和刻工雕制书版的工艺、技术，自然会有普遍通行的程式化色彩，也就是形成一种特定的套路，这就是不同于当今习练毛笔字者所熟悉的名家碑帖韵味的"匠气"。若是一定要以彼律此，自然无法领会黄永年先生所说各种版刻字体的风格和特征。借用欧阳脩的话来讲，这样的人，或可谓之曰"好而不知者"（欧阳脩《集古录跋尾》卷五"唐薛稷书"条）。

　　宋元本是传统古籍版本研究的核心内容，或者更准确地说，是绝对主体的内容。经过黄永年先生的努力，相关内容，才有了一个比较完善的科学体系，为古籍版本学研究的进一步深入发展奠定了丰厚而又坚实的基础。在此基础上，可以有效地开展多方面的研究，拓展出很广阔的研究空间。近若干年来，国门内外，颇有那么一大拨人奋身而起，研究所谓"出版史"、"印刷史"问题，一时间颇显时髦，然而对相关出版印刷的基础，却多懵然无知，不过略一翻检诸如张秀民先生著《中国印刷史》这样的概述性读物，就放胆发挥，讲出许多不着边际的大道理来。这当然不会取得实质性进展。这是个很大的问题，今天无法在这里展开论述，只想通过一些具体的例证，来简单谈一下黄永年先生的研究成果在传统的古籍版本鉴定方面的重要价值。

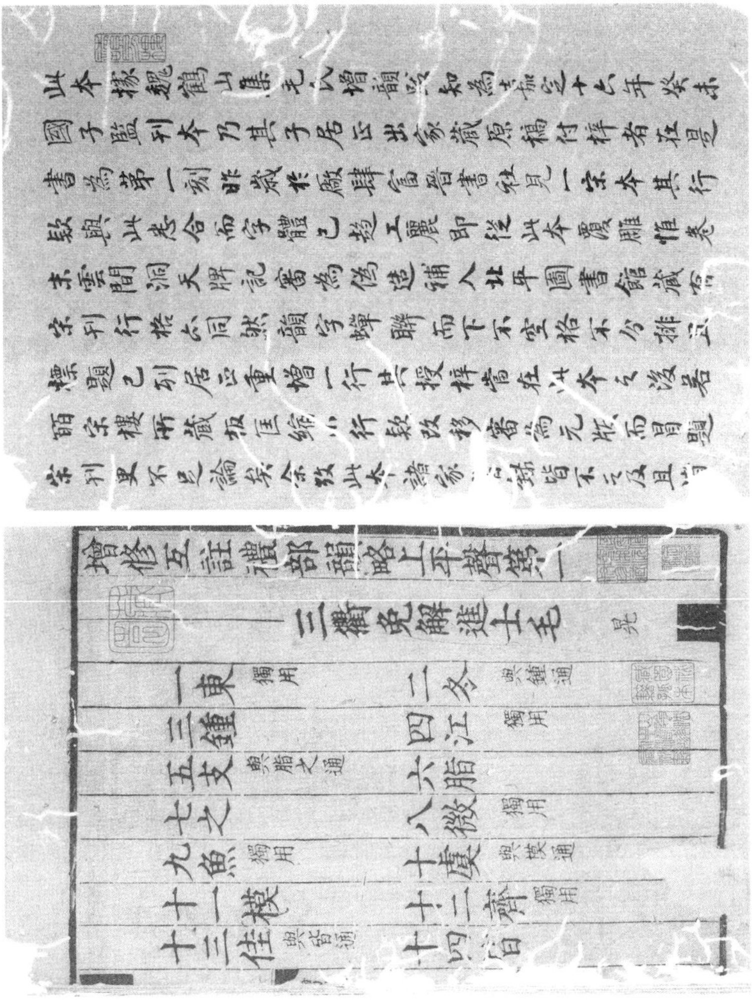

台北故宫博物院藏宋刻本《增修互注礼部韵略》与傅增湘先生的跋文

例如，在台北故宫博物院收藏有一部《增修互注礼部韵略》，在 20 世纪 30 年代，著名版本大家傅增湘先生，给此书撰述题跋，曾将其定作南宋"国子监所刊之本"。南宋国子监在临安府，也就是现在的杭州，自然是最典型的浙本。宋代的监本，几乎无一例外，都是浙本的通用的欧体字，可是我们来看这部《增修互注礼部韵略》，却是版刻中典型的所谓颜体字，而这种颜体字正是建阳书坊通用的字体。按照黄永年先生的研究，二者之间，区分极为明显，哪怕是稍一揣摩其书影，都很容易看出，这部《增修互注礼部韵略》必属宋建本无疑，当年傅增湘先生竟做出了这种在今天看来十分荒唐的判断。

其实我在这里想要谈论的问题并不是傅增湘先生，而是台北故宫博物院的研究人员。由于他们只读过赵万里的《中国版刻图录》而并没有吸收黄永年先生的研究成果，以致在今天仍然沿袭傅增湘先生的错误说法，称道"此版实为嘉定癸未国子监所刊，并为此书之首版"（台北故宫博物院 2006 年出版林柏亭主编《大观——宋版图书特展》）。由此可以看出，对宋代版刻体系有没有一个清晰的认识，会给实际的版本鉴定带来完全不同的结果。

下面我再讲一个前不久遇到的问题，向各位朋友说明黄永年先生揭示的宋代版刻体系对辨别版刻属性的作用。这个学期，我在北大给文史研究生讲"版本学概论"课程，授课期间，赶上嘉德公司有一场古籍拍卖会（2017 年春季拍卖会），上拍一件宋刻《通鉴纲目》的残本。课间，一位同学向我询问这件拍品属于南宋哪一地域的刻本。看这个刻本字作欧体，似属浙本，可是宋浙本的版式通常都是单鱼尾，这个本子却是双鱼尾，显得不伦不类。我在版本鉴定方面本来就没有多大能力，更缺实践经验，加之当时没有仔细看，所以没有做出清楚的解答。后来接到嘉德公司寄给我的拍卖图录，注意到图录上引述有华东师范大学严文儒先生的考证结果，论定此本为南宋嘉定己卯知州真德秀于泉州主持刊刻的版本，即属于泉州地方官梓行的官刻本，此即时人晁公武所说"真德秀刻于泉南"者也（袁本《郡斋读书志》卷五上）。这样，我再覆按黄永年先生的论述，比较明确地向学生解释了它的版刻属性。

黄永年先生在论述宋建本时，把福建一地的版刻，区分为两大类别。一类是所谓"建本"针对的具体对象，即建阳书坊的坊刻本，而另一类是当地的官刻本。之所以做出这种区分，就是因为这两类刻本的版刻特征具有明显区别。我想若是用一句话来概括表述的话，可以说福建官刻本的字体和版式是介于建阳坊刻和浙本官刻之间。指出这一总体特征，至关重要，也极有见识。由此出发，我们就能很好地理解，在这部福建官刻的《通鉴纲目》中，同时出现浙本官刻的欧体字和建阳坊刻的双鱼尾，这是十分自然的事情，它充分体现出这类刻本介于浙本官刻和建本坊刻之间的复合性和过渡性。

从这一内在特征出发，我们还可以根据这部《通鉴纲目》，对黄永年先生所做的归纳稍加增补。这就是限于当时条件，所见宋刻本书籍不够充分，黄永年先生在分析福建官刻本的字体特征时，仅仅指出有的同于坊刻的颜体字，有的则虽有颜体字的格局，但不如建阳书坊刻得那样整齐好看，亦即有所偏离。现在可以补充的是，在福建官刻本中，有些版刻的字体，会与浙本官刻相同，以欧体字梓行。当然，对这部书的属性还可以进一步考究，若是结论改变，我的这种推论也就没有什么意义了。

下面我们再来看一个元代刻本的例证，进一步说明有了科学的体系，才能全面推进科学的认识。《中国版刻图录》一书，作

南宋嘉定己卯温州知州真德秀于泉州官刻的《通鉴纲目》

为元代杭州刻本，收入一种《古杭新刊的本关大王单刀会》。但这既是赵万里先生对乃师王国维先生旧说的承袭（说见王国维《两浙古刊本考》），同时也是受到书名中"古杭新刊的本"字样的蒙蔽，很有些"望文生义"的味道。不管怎样，这一判断显示出赵万里先生未能深入总结元代建阳书坊独特的版刻特征并将其用于版刻鉴别。

这个《关大王单刀会》，本是元曲选本《古今杂剧》三十种中的一种。在这三十种曲目中，有四种书籍，在实质性的书名前面冠有"大都新编"或"大都新刊"的字样，还有七种缀加有"古杭新刊"和"古杭新刊的本"的字样。此《关大王单刀会》即为其中之一。

对此，黄永年先生研究后指出，这些带有"大都新编"、"大都新刊"和"古杭新刊"和"古杭新刊的本"字样的书籍，绝不是刻于北京或杭州。从他总结的字体和版式这两大重要版刻特征来看，实际都应该是建阳书坊所刻。前面加上"大都"、"古杭"等字眼，是自诩其本出于大都、古杭，以广招徕而已。我们若是再放眼看一看南宋时书坊刻书就有在书名前冠以"监本"的传统，就很容易理解这本来是书坊一贯的招摇手段，无非是为了抬高身价而做的自我吹嘘，明白黄永年先生所说是一种通达的看法。

正是基于对历代各地版刻特征的整体把握，黄永年先生才能够在1979年审核西安市文管会收藏的一些古刻旧本残叶时，从中发现了元建阳书坊刻本《新编红白蜘蛛小说》的一张残叶（今藏西安博物院），清楚判明其刊刻年代和地点，使人们第一次看到了宋元时期刊刻的"小说话本"的真实面目，成为20世纪小说研究资料上的一项重大发现，可以帮助我们澄清很多重要的学术问题。就个人的学养和研究能力而言，能够提出这一发现，不仅显

元建阳书坊刻本《古杭新刊的本关大王单刀会》

示出黄永年先生精湛的版本学造诣,同时也体现出他的丰富学识。

据《都城纪胜》和《梦粱录》记载,南宋临安的"说话",包括"小说"、"说经"、"说参请"和"讲史书"四家。这四家"说话"用的脚本就叫做"话本"。当时编写以及刻印的话本,流传下来的主要有:

> 说经——《大唐三藏取经诗话》、《大唐三藏取经记》。
> 讲史书——《武王伐纣平话》、《三国志平话》等(有所谓《全相平话五种》)。
> 说参请——《东坡居士佛印禅师语录问答》。

上述这类读物,传世较早刻本,基本上都是元代甚至宋代书坊所刻。如《大唐三藏取经诗话》,就有南宋临安府书坊刻本存世。唯独"小说"一类,旧时所见,都是明代嘉靖以后编刻,如《清平山堂话本》以及《三言两拍》之类,元刻《新编红白蜘蛛小说》的发现,为研究宋元小说话本,提供了比较原始的早期实物资料。

黄永年先生曾撰写《记元刻〈新编红白蜘蛛小说〉残页》一文,阐释这一发现的学术研究价值。先生在文中记述其版本特征说:

> 字划作圆劲的颜体,一看便知是元代福建建阳书坊所刊刻。

同时附注说明云:

> 福建建阳书坊刻本在南宋时已一律用颜体字,到元代所用颜体更为圆劲,这是元建本的主要特征,与南宋浙本之概用欧体、元浙本之多用赵体者截然不同。

元刻本《新编红白蜘蛛小说》残叶

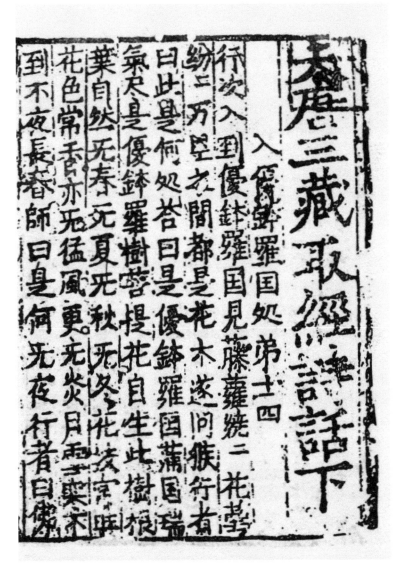

宋代临安府中瓦子街张家书坊刻本《大唐三藏取经诗话》

这些话都清楚体现出黄永年先生成熟的版本学见解，是以通则推定个案的成功范例。

（三）填补赵万里先生未曾致力的明清刻本体系

赵万里先生对宋元版刻体系的认识，虽然做了重要的开创性的工作，但对明清版刻的研究，却用力无多。在这方面，黄永年先生很大程度上是率先填补了这一大片学术空白，独立构建起明清刻本的体系。黄永年先生在这方面的贡献，主要体现为如下两项。

（1）把明代版刻划分为前期（明初至弘治）、中期（正德、嘉靖、隆庆）、后期（万历至崇祯）三个时期，总结各个时期的基本特征。

（2）综合考虑各项复杂的因素，把清代刻本划分为前期（顺治至雍正）、中期（乾隆至咸丰）、后期（同治至宣统）这三个大的时期，同时归纳出各个时期的主要版刻特征。

在这些研究中，黄永年先生都能秉承王国维、赵万里两位先生开辟的科学化路径而不断有所创新。例如，明代正德、嘉靖、隆庆三朝出现的新的版刻特征，亦即所谓"嘉靖本"的出现，是中国古代版刻史上一次重大的"革命性"巨变。黄永年先生深入探求潜藏于其背后的文化因缘，在《古籍版本学》一书中指出：

> 众所周知，当时文坛上"前后七子"在倡导复古运动，李梦阳、何景明等"前七子"都是弘治年间的进士，李攀龙、王世贞等"后七子"之结合则在嘉靖时，这个从弘治历正德、嘉靖到隆庆的复古运动，正和此明刻书事业的中期正德、嘉靖、隆庆三朝在时间上相吻合。而"文必秦汉，诗必盛唐"正是这复古运动的主张，文人们不再满足于《四书》、《五经》

和当时人的诗文集,要求多读古书。古书的旧本在这时已流传不多,不易购取,就需要翻刻。要翻刻自然会取材于校勘比较精良的南宋浙本,在字体和版式上也就跟着受这宋浙本的影响。再加上黑口赵体字的本子从元代到明成化、弘治已历时二百多年,日久也人心生厌而思变。我认为这些都是使明代版本在这时起个大变化的原因。

这样的分析,与王国维先生和赵万里先生相比,要深入很多。在《古籍版本学》一书中,类似的论述还有很多,不仅充分体现出黄永年先生的深邃学术眼光,也显示出他广博的知识构成。

统观王国维、赵万里先生以来直至黄永年先生的研究,我认为,在这三代学者当中,黄永年先生对古籍版本学体系建设所做的贡献最多,也最为重要。可以说,至黄永年先生撰就《古籍版本学》一书,才真正建立起科学的中国古籍版本学学科体系。这就是我对黄永年先生古籍版本学成就的总体评价。

2004年调到北京大学历史系工作以后,我一直以先生的著作为教材,给研究生讲授古籍版本学知识。在备课过程中,反复研读黄永年先生的古籍版本学论著,对先生为这一学科所做的贡献,略有心得,故简略陈述如上,聊表对先生的钦敬,以为纪念。

谢谢各位朋友。

2013年5月31日草稿
2017年6月3日下午讲说于上海古籍书店
2017年7月23日修改定稿

自己安心，也让朋友静心

今天，是同老六十华诞。中国旧俗，过九不过十。去年这一天，我循例写下一篇《同老名号考》，为他庆贺过了。

而今年当还历，回首既往的岁月，同老平平淡淡地说："比较安心的是，我一生没有钻营过，没有争名夺利过。"这种气节，对古代读书人来说，也很难得，但毕竟有那么一小批人有这样的操守；现在还有人这么看重这一点，讲出这样的话，真的恍如隔世了。借用清初人龚鼎孳一句诗来表述：蒲团稳坐亦英雄。

同老自己有这样的操守，对真挚的朋友，也有同样的期望。当年我以历史所狗官之身，在浙江长兴召集过一次陈武帝与南朝社会的学术会议。看我跑前跑后地张罗，同老神色凝重地说："德勇，我看你好像挺喜欢办这些事儿了，你要注意。"当时，我俩都已经喝了很多很多江南老酒。但我知道，他说的不是醉话，是心里话；我更没醉，把这句话留在了心底。

同老不知道，除了他也更没有别人知道：后来我离开狗官的位置，到北大教书，取舍抉择之际，耳边不止一次重现他讲这句话时的声音，眼前也浮现当时的场景。在我心目中，同老是一位纯正的学者，一位令我钦敬的兄长。我希望自己的所作所为，能够得到像他这样学者的认可和尊重。是同老这句语重心长的告诫，时刻给我以警醒，帮助我静下心来，踏踏实实地做一介学人。

2017 年 1 月 20 日

为胡宝国兄还历之庆

在交流中发展的中国历史

尊敬的主席女士／先生，尊敬的各位女士、各位先生：

非常高兴来到俄罗斯的首都莫斯科，第一次来到这个我自幼就很向往的城市。

我的家乡，在中国的东北。从小时候生活过的小镇，到成年后居住过的哈尔滨市，街道、建筑都带有浓郁的俄罗斯风情。当我站在这里，亲眼目睹这座城市壮美景象的时候，耳畔仿佛又响起了母亲哼唱的《莫斯科郊外的晚上》这首歌儿的声音，这是我妈妈最喜欢的歌曲，也是她唱得最多的歌曲。

俄罗斯文化，在哈尔滨这座城市留下了很深的印记，不仅仅是城市景观，也不仅仅是小说、诗歌、戏剧、电影、音乐、舞蹈、绘画、雕塑这些高端的文学艺术，更普遍的印记，是留在了每一个人的日常生活当中。从松花江边太阳岛上的郊外野餐，到青春少女穿着的布拉吉，到每一户居民餐桌上的大列巴、红肠和格瓦斯，在上个世纪80年代改革开放之前，这些都是中国人中最具有异国情调的生活方式。即使是在中国最疯狂的那个政治年代，这样的生活，也没有中断。

因此，在一定意义上说，正是这样的生活方式，拉近了中国与世界的距离，缩小了中国与外部的隔阂。想到这一点，我就会为自己的家乡感到分外自豪。

生命成长过程中伴随着的这种强烈的多元文化色彩，让我一直以多维的眼光，看待人类的历史。今天，我们聚集在这里，庆祝中俄双语版"中华文明史话"丛书的出版发行，我想和各位俄罗斯朋友谈的，也是这一点。

当这套丛书的中英文版印行的时候，我在前言中特别写道："这套丛书，并不应该成为一种自我夸耀的演示。每一个国家和民族都具有值得同等骄傲的优秀文化，也都带有诸多同样丑陋的斑点。我们需要的是相互的理解与交流。"在我看来，推进理解与交流，这就是出版这套丛书的宗旨。

认识过去的历史，是为了丰富我们今天的生活，让我们的生活更有情趣；同时，也会让我们更有智慧，智慧地走向明天、后天。不同地区、民族的历史，具有各自的特点，多学习一些其他地区、民族的历史，自然会使我们的生活更富有情趣，也会让我们更加智慧地应对各种现实问题。

不过，我在这里特别强调不同文化间的理解和交流，还不仅仅是因为面对不同文化间现存的差异，我们可以更加主动地相互借鉴，取长补短，更深一层的原因，还在于人类历史发展到今天，几乎所有的文明，都是在交流中才得以形成和发展的。这种交流本身，是一个长期客观存在的过程，它一直在人们的身后演进。中国的历史，同样如此。

例如，很长一段时间以来，中国人特别强调的由中国贡献于世界的所谓"四大发明"，在这当中，有一项是印刷术的发明。这确实是一项非常伟大的发明创造，它的应用，极大改变了文字著述的传播方式，不仅提高了传播的速度，同时也比手写时代，提高了文本内容的准确性，是人类历史上值得大书特书的划时代性事件。

过去有很大一批中国学者，在研究印刷术起源问题时，往往会抱着中华文化优越于他人的情感和观念，孤立地在中国版图范围之内，追寻印刷术的源头，并且希望把中国人发明和应用印刷技术的年代，定得越早越好。于是，就出现了种种荒诞不经的奇谈怪论。有人说是隋代产生的，有人说是在魏晋南北朝时期产生的，还有人说是在东汉时期产生的，甚至还有人说，西汉就发明了这种技术。得出这些错误的结论，不同程度地都与研究者缺乏开放、交流的学术视野具有关联。

事实上，印刷术的技术源头，直接来自中国以外的世界，并不是中国人自己冥思苦想的结果，不是中国人比其他地区或是种族的人更加心灵手巧。具体地说，印刷术的技术源头，是在印度。这是在唐朝的太宗和高宗时期，由著名的佛学大师玄奘以及唐高宗派遣到印度的使节王玄策两个人，分别从印度带到中国的一种"佛印"。至少后者，还是直接得自印度一位国王的"馈赠"。

这种"佛印"，可以印制简单的画面和字体，但印制的方法，与印刷术还有本质性差别：它是由上向下捺印，而不是像印刷术那样，是书版朝上来刷印书籍。中国引入"佛印"之后，先是印制佛像，接着印制梵文的佛经密宗经咒。后来，就在唐玄宗开元年间，发明了真正的雕版印刷，并且很快就过渡到普通书籍的印制了。

从更深一层看，唐朝之所以会从印度引进"佛印"，是基于在这之前，已经从印度传入了佛教，而且佛教在中国的发展，日益兴盛。佛教徒的宗教信仰，直接导致了对"佛印"的需求。

放开眼界做研究，就很容易发现，印刷术是中国和印度这两个地区文化交流的产物，没有从印度向中国传输的佛教及其信仰表述形式，就没有印刷术的产生。这只是中国历史中大量同类或相近性质事件中的一个例证而已。

一言以蔽之，中国的历史，是在与域外地区的交流中向前发展的。在交流中才能更好地向前发展，这是中国历史所经历的必然规律。过去是这样，面向未来，更应该如此。

古代中国，在印刷术的发明过程中，有印度馈与的因素；在当代中国的工业化进程中，有包括俄罗斯在内的苏联政府和民众的慷慨支持。这样的交流，对中国历史的发展，起到了重要的推进作用。我想，对俄罗斯，对世界上其他所有的国家和地区，同样也是有益无害的。

我很高兴这套"中华文明史话"丛书中俄双语版的出版，希望能够帮助更多的普通俄罗斯民众，了解中国的历史，从而增进对中国的理解，再进一步加大同中国的交往。通过两国民众的密切交往，相互学习，促进中国和俄罗斯两个国家的更大发展和进步。

谢谢各位。

【附案】2016年10月上旬，原拟赴莫斯科参加一个活动，协助中国大百科全书出版社在莫斯科举行中俄双语版"中华文明史话"丛书的发行仪式。为此，我准备了这篇讲演稿。但当年8月底，我因病住院，实际未能成行。今存留此稿，以见敝人文化观念。

雕版印刷的今天

2017年6月28日上午，我在北大新闻学院参加了"中国传统出版文化的传承与弘扬"研讨会。这是一次很有意思的会议，会上我遇到了各路高人。除了我上次在《纸马与雕印纸马的人》一稿中提到的"纸马"雕版印刷术浙江省级代表性传承人王钏巧老先生外，还遇见了多年未见的旧识姜寻。

姜寻先生有个像模像样的企业，名曰"模范书局"，买卖很大，可以说经营一切与印刷出版有关的事项。尽管如此，自封"模范"，显然还是过于妄自尊大——因为组织说你"模范"你才是"模范"，个人不配，自封也并不管用。

不过，仔细想想，姜寻先生给自己定的这个"封号"也多少有些道理，因为他的业务，包括"活字印刷"。姜先生自我解释这样标榜的理由是："活字为'模'，盛器为'范'，'模'与'范'是古代活字印刷进步的客观呈现，承载着中华图书文化产业兴起和发展的历史记忆。"商业宣传，听听而已，不必当真。因为总的来说，中国古代的活字，是镌制的，先刻出"模"来再用"范"铸造的活字，即使有，也是少之又少，实在谈不上承载过"中华

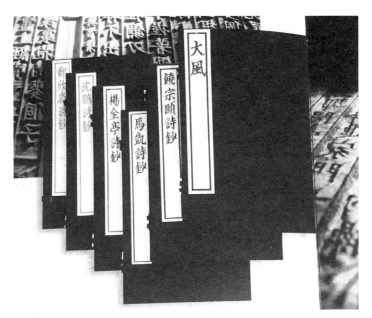

模范书局雕印的书籍

模范书局雕印的北岛诗集《一切》

图书文化产业兴起和发展"的功能，更不用说哪怕是刀刻的活字，在中国古代的印刷产业中，也一直无足轻重，仅仅是一种微不足道的辅助形式而已。至于包括维基百科在内的各种大众知识宝典很普遍地宣称"活字印刷术被称为中国古代四大发明之一"，就更不知所云了。

姜寻先生的"模范书局"究竟用活字印过什么好玩儿的东西，我一无所知，不过这些年时或见到一些他用传统工艺雕版印书的讯息。这次会上，他还给每一位与会者一张书页，出自他雕印的北岛诗集《一切》。

在我看来，不管雕版，还是刷印，乃至用纸用墨，姜先生雕印的这本书，在当今的中国，都已堪称至精至美，可姜先生却一一述说让他遗憾的地方，说是没能达到他期望的程度。我理解，真正想做成一点儿事儿的人，不管做什么，都会是这样的心态。

多年来，在古籍收藏家之间，通行一种"新善本"的说法，似乎主要是指清末民初在一定范围内兴盛的覆刻宋元古本。这些印本，不仅刀工酷似宋元旧本原貌，其中很多刻本甚至"有取蓝胜蓝之妙"（《古逸丛书·叙目》语），同时还纸墨精良，赏心悦目。在我看来，姜寻先生雕印的书籍，其精致程度，已不下当年这些所谓"新善本"精品。

赏叹之余，又感觉用这种传统的雕版形式来刊印当代诗人北岛的白话诗句，似乎不甚协调；若是更深入一层思索，自然又要触及雕版印刷技术在当今出版业中的地位和应用价值问题。

谈到这一点，不能不向前追溯：若就"刻本"这一大概念泛泛而论，需要谈及民国成立以来，特别是1949年以后刻印的书籍；若是更具体地评议像模范书局所印《一切》这种形式独特的刻本，就还要溯及清末出现的"覆宋"、"覆元"等"覆刻"旧本。

春秋穀梁傳隱公第一

○隱公名息姑惠公之子周文王八世孫平王四十九年即位

范甯集解

元年。春王正月（隱公之始年周王之正月也杜預曰凡人君即位欲其體元以居正故不言一年一月也○正音征又如字後皆放此）雖無事必舉正月謹始也。公何以不言即位（據文公成公皆言即位）成公志也（成隱讓之志○為成之言隱意不取為魯君也公君讓此上位之始○焉於虔反）焉成之。言君之不取為公也（丁丈反隱長桓幼○長丁丈反又作丈）君之不取為公何也。將以讓桓也。讓桓正乎。曰不正（不明讓者之善則取者之惡不顯○之惡烏路反下其惡同）春秋成人之美不成人之惡。隱不正而成之何（各反下注之惡同惡烏路反）也。將以惡桓也。其惡桓何也。隱將讓而桓弒之則桓惡矣。桓弒而隱讓（惡無不正○弒申志反殺如字後）則隱善矣。善則其不正焉何也（志反又作殺如字後）

《古逸叢書》本《春秋穀梁傳》

　　首先，让我们来看看民国以来雕版印刷书籍发展的历史。清朝后期在中国逐渐兴起的西式铅字印刷、石印以及其他各种影印技术，发展到民国时期，已经取代雕版印刷，成为书籍制作的主体形式。

　　在这样的时代大潮下，仍有很小一部分书籍，沿用传统的雕版印刷形式。这当中既有重要的学术著述（例如陈垣先生的《励耘书屋丛刻》，就是其中典型的代表），更有很多官绅士子的诗文。

　　中国大陆在1949年以后，直至改革开放以前，仍有极少量雕版印刷的书籍出版。就其内容而言，主要是毛泽东以及辛弃疾、鲁迅这些古今文人的诗词集。从发展的眼光看，这也可以说是在延续民国时期刊刻闲散诗文的做法，只不过为其增添了一抹红艳的色彩而已。

　　其中最富有特色的刻本，应数上海书画社在1973年刊行的《共产党宣言》。其特色不仅体现在用传统的工艺来印制舶来洋书的白话文译本这一点上，同时还体现在使用了官方颁行的法定文字，亦即所谓"简化字"，以及仿效西方创制的新式标点符号。这同大裤衩芭蕾舞一样，堪称"怪胎"。究竟怎么搞出了这种奇怪的东西，不得而知。不过这部书的版刻字体，倒没有什么特别的，大致是偏近于清前期点画方劲一路"写刻"的风格。这种字体虽然也是称之为"写刻"，但实质上是一种与主流方体字不同的另一路高度程式化的字型。

　　在这一时期，也还刊刻过一些学术著作，这主要是广陵古籍刻印社印行的《咸同广陵史稿》等书籍，但也是寥寥数种。连同前面提到的"红色"著述，这一时期雕版印行书籍的总数，亦可谓之曰"稀若星凤"，更像是传统雕版印刷离开我们远去时拖在背后的身影，显得很不真实。除此之外，个别一些部门还修补和

元西域人華化考卷一

新會　陳垣　援菴

緒論

一　西域範圍

西域之名漢已有之其範圍隨時代之地理知識及政治勢力而
異漢武以前大抵自玉門陽關以西至今新疆省止爲西域其後
西方知識漸增推而至葱嶺以西撒馬兒干今俄領土耳其斯坦
及印度之一部更進而至波斯大食小亞細亞及印度全部亦稱
西域元人著述中所謂西域其範圍亦極廣漠自唐兀畏吾兒歷
西北三藩所封地以達於東歐皆屬焉質言之西域人者色目人
也不曰色目而曰西域者以元時分所治爲蒙古色目漢人南人
四色公牘上稱色目普通著述上多稱西域也陶宗儀輟耕錄一卷

民国二十三年冬刻印的《励耘书屋丛刻》

黄山樵唱

黟朱師轍少濱

繞佛閣壬戌重九赴思辨社宴次公約

作繞佛閣時篤圍新亡歸而譜此

翠微望迥亭榭聲立登眺都嫵羈旅孤館未

容醉朵黃英與清玩歲華又晚追憶故里三

徑花滿歸路悠遠漫將珍重瑤函付鴻雁

令節正蕭索對景傷懷與永歎愁覷薇天浮

雲今古變縱載酒敖遊何處歌宴炬殘人散

更舊侶縈懷無限悽惋紫英開那堪重看

黃山樵唱

民国二十一年刻印的朱师辙《黄山樵唱》

共产党宣言

一个幽灵，共产主义的幽灵，在欧洲徘徊。旧欧洲的一切势力，教皇和沙皇、梅特涅和基佐、法国的激进党人和德国的警察，都为驱除这个幽灵而结成了神圣同盟。

有哪一个反对党不被它的当政的敌人骂为共产党呢？又有哪一个反对党不拿共产主义这个罪名去回敬更进步的反对党人和自己的反动敌人呢？

上海书画社 1973 年梓行的《共产党宣言》

翻书说故事

咸同廣陵史稿卷上

七月初旬琦侯命千總某詣北城詐降偽指揮

叱之千總某極言琦善尸居餘氣賞罰不明爲

所馭者既不能建立功名又不能逃歸原籍只

得向王爺乞降等詞僞指揮懸布於城千總某

攀而登之經一月餘諸賊皆未之疑忌也蓋賊

之計極詭秘除渠魁及當事外居東不得知西

居西不得知東何虞區區一降虜乃千總某由

咸同廣陵史稿　卷上　一一

1960年扬州广陵古籍刻印社镌梓的《咸同广陵史稿》

40

增续了一些民国旧有的书版，这更体现出中国大陆这一时期的雕版印刷书籍具有很强的历史残余特点。

换一个角度，我们也还可以看到与此"历史残余"不同的另一个特点，这就是前面提到的清末以来的"覆刻"宋元古本。实际上，从模范书局雕印的《一切》这本书的形式上，可以很直接地看出对这一传统的沿承。

说起清末"覆刻"宋元古本，还需要先述及清代中期，也就是乾嘉以迄道咸时期对宋元古本的"仿刻"。相对而言，后者可略称为"仿宋"，前者则名之曰"覆宋"——这不是我的杜撰，而是转述业师黄永年先生所做的划分。

清中期出现的所谓"仿宋"刻本，主要是出于考据学家利用宋元古本的需要。宋元古本孤秘罕传，学者难得一见，于是只好尽可能依照原样重刻，广泛印行。由于重在再现古刻旧本的文字内容，所以在形式上并没有过分追求与所依据的底本的相似性，只是大致仿佛于南宋浙本的欧体字而已，以致把很多建本也都重刻成了浙本的模样。

清末以来的"覆宋"刻本，则与此有很大不同。这一"覆刻"宋元古本的风气，肇始于光绪前期杨守敬在日本代驻日公使黎庶昌刊刻的《古逸丛书》。为了刊刻那些在中国久已佚失的古刻旧本，杨氏以重金招募日本最好的刻工，精雕细琢，使印成的新本多与原本惟妙惟肖，至善至美，大大超越了清中期"仿宋"刻本的精度，时人称誉其"雕造褚印，色色俱臻绝顶"（叶昌炽《缘督庐日记》语）。

《古逸丛书》的版刻形式，对正在趋于没落的中国版刻业造成了强烈刺激。在其影响下，按照同样的方式"覆刻"宋元古本，以最大限度地逼近原本面貌，一时蔚然成风。民国初年仍沿承未替，直至20世纪20年代以后，才转趋衰落。在这当中，就包括蒋汝藻刊刻的《密韵楼景宋本七种》。在《密韵楼景宋本七种》中，就"覆刻"有下文还要具体谈到的南宋末刊《草窗韵语》。

值得注意的是，这一风气盛起之日，也正是西式影印技术（含照相石印技术）在中国传播应用的时候。特别是民国二年董康在日本首创以珂罗版精印古刻旧本的做法之后，用这种方法影印善本古籍之精良，以至于与原本毫发不爽。（关于董康影印古籍的情况，贾二强学长《董康影印古书述略》一文有具体考述，文载李浩、贾三强合编《古代文献的考证与诠释——海峡两岸古典文献学国际学术会议论文集》，上海古籍出版社，2006。）在这样的印刷技术背景下，为什么还会有很多人非要采用传统的雕版技术来再现古本风貌而不是以影印的方式来复制古书？

对这一问题，业师黄永年先生在《古籍版本学》中尝有所论述，不过具体讲述的是珂罗版与雕版印刷的对比，而不是全面阐释所有影印技术与雕版技术的兴替关系。按照我对黄先生这一论述的理解，它应该也适用于珂罗版之外的其他各项影印技术。

黄永年先生认为，珂罗版影印古书在当时未能畅销的一项重要原因，是即使是像珂罗版印书这样逼近原本，"爱玩旧书的人还嫌它不如覆刻本古雅"，以至于还要以珂罗版本作底本上木重雕木版（《古籍版本学》第十一章《影印本》）。影印本中最为精美雅致的珂罗版尚嫌其不够"古雅"，其余各种影印之本，类皆自郐以下，又何足论焉。

循此思路，就很容易理解，清末民国时期一度盛行的"覆刻"宋元古本行为，从总体上看，其中有很大一部分，主要是出于赏玩的需要，而不是像清代中期盛行的"仿刻"宋元古本那样，主要是用于学人研读。当然，这些"覆刻"的古籍，在供文人雅士赏玩之外，同时也可以为学术研究提供很大帮助。

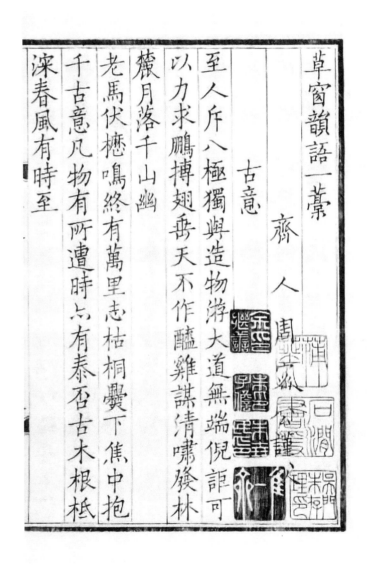

草窗韻語一藁

古意

齋人周密志護

至人斤八極獨與造物游大道無端倪詎可
以力求鵬搏翅垂天不作醯雞謀清嘯發林
麓月落千山幽
老馬伏櫪鳴終有萬里志枯桐爨下焦中抱
千古意凡物有所遭時六有泰否古木根柢
凓春風有時至

民国十一年蒋汝藻密韵楼景宋刊本《草窗韵语》

43

民国二年董康在日本用珂罗版影印的宋刻《刘梦得文集》

在这一点上，我们要是看一看同一时期影印的大量古籍，就可以理解得更为清楚。即以罗振玉汇印的丛书而言，就有《鸣沙石室佚书》、《芸窗丛刻》、《吉石盦丛书》、《鸣沙石室古籍丛残》、《嘉草轩丛书》、《贞松堂藏西陲秘籍丛残》等，这些丛书或全部、或大部，都是影印的古籍，只是其中不仅有宋元旧刻，还包含很多新近出土发现的古代写本。其他如瞿启甲辑印的《铁琴铜剑楼丛书》，则主要是影印稀见的宋元刻本。影印这些古籍，显然是直接服务于学术研究。特别是罗振玉影印的各种书籍，都是针对文史研究的迫切需要，为应求治学所需而印书。

统观上述两种形式复制的古本旧籍，大体上可以说是旗鼓相当，各具特色，各自满足不同的需要。

从20世纪20年代末期开始，随着《四部丛刊》、《续古逸丛书》和百衲本《二十四史》等大型古本汇印丛书的出版发行，对古刻旧本的影印始彻底压倒"覆刻"，在复制古籍的方式上，占据绝对的主流。

在上述背景下审视中国大陆1949年以来雕版印刷的书籍，至少其中很大一部分"红色"书籍，诸如《毛主席诗词》和《共产党宣言》等，在"红色"的外衣下，掩盖着的是一种赏玩的需求。

以《毛主席诗词》为例，1958年文物出版社首次雕印的《毛主席诗词十九首》，在版式和字体上，就都呈现出模仿宋浙本的特点。此后多种雕版印刷的《毛主席诗词》，直至1977年上海书画社刊刻的《毛主席诗词三十九首》，都采用了不同于普通方体字的特殊字体，不同程度地贴近于宋元古本。"雅"的程度虽然远远不够，但显然是尽力想把书刻得更美一些（其中以文物出版社在1965年雕印的《毛主席诗词三十七首》最为美观，也最接近宋浙本）。看似高度"红色"的经典，在紧绷着的意识形态外表下，

毛主席詩詞十九首

沁園春

長沙

獨立寒秋湘江北去橘子洲頭看萬山
紅遍層林盡染漫江碧透百舸爭流鷹
擊長空魚翔淺底萬類霜天競自由悵
寥廓問蒼茫大地誰主沉浮　携來百

1958 年文物出版社本《毛主席诗词十九首》

毛主席詩詞三十七首

沁園春

長沙 一九二五年

獨立寒秋湘江北去橘子洲頭看萬山
紅遍層林盡染漫江碧透百舸爭流鷹
擊長空魚翔淺底萬類霜天競自由悵
寥廓問蒼茫大地誰主沉浮 攜來百

1965 年文物出版社本《毛主席诗词三十七首》

毛主席詩詞三十九首

沁園春

長沙 一九二五年

獨立寒秋，湘江北去，橘子洲頭。看萬山
紅遍，層林盡染，漫江碧透，百舸爭流。鷹
擊長空，魚翔淺底，萬類霜天競自由。悵
寥廓，問蒼茫大地，誰主沉浮？ 携來百

1977 年上海书画社本 《毛主席诗词三十九首》

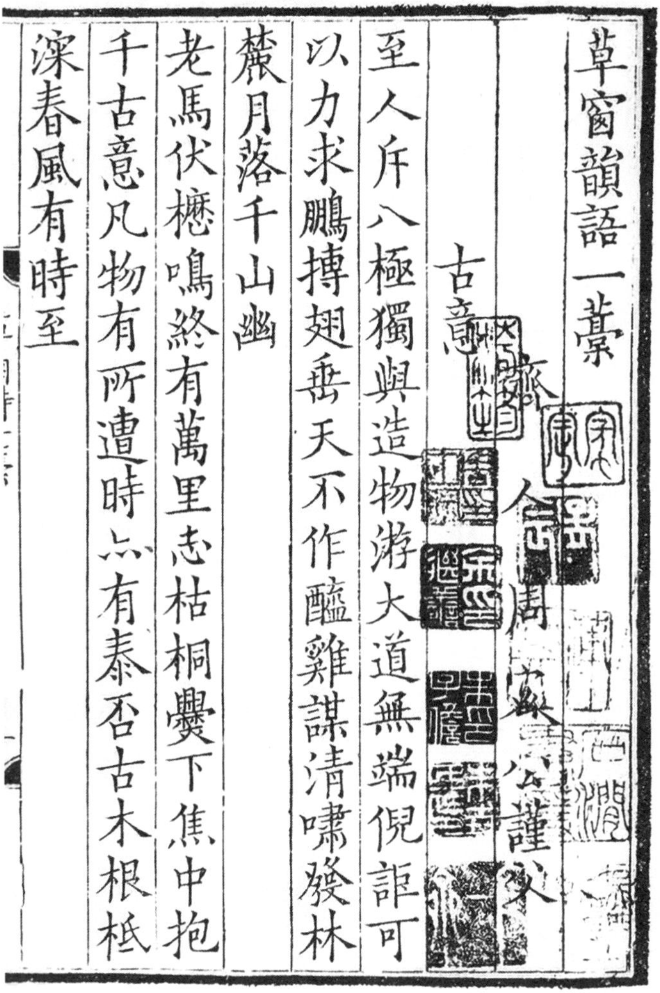
草窗韻語一藁
人周密公謹父
古意
至人斥八極獨與造物游大道無端倪詎可
以力求鵬摶翅垂天不作醯雞謀清嘯發林
麓月落千山幽
老馬伏櫪鳴終有萬里志枯桐爨下焦中抱
千古意凡物有所遭時亾有泰否古木根柢
深春風有時至

民国影印南宋末周密原刻本《草窗韵语》

其内在的本质，却与前前朝遗老遗少曾经把玩过的"覆刻"古本一脉相承，有一层很浓重的闲适消遣文化的底色；若是严格地用当时的标准来衡量，这无疑是一种颓废的习尚。

讲了这么多历史背景，让我们把话题再拉回今天。近若干年来，出现了一小批雕版印刷的书籍。姜寻先生梓行的《一切》及其他书籍，只是这当中的一部分。从实用角度看，现代印刷技术的发展，早已把传统的雕版印刷彻底抛弃，那么，它之所以能在一定范围内复活或者说是存活，只能是基于赏玩的需求。而如上所述，满足这种需求的雕版印刷，是清末以来从出版印刷业主干道上汊出的一条涓涓细流。

了解到在那个红彤彤的年代，尚且能有此等优雅的消遣，那么也就很容易理解，近年出现的像《一切》这样的雕版印本，实际上只能作为一种工艺品来摩挲观赏，这是其存在的根本价值。当然，作为一本书籍，无论怎样印制，它终究会具有阅读的功能，但已经微不足道。

还是以《一切》这部书为例，来看一下传统的雕版印刷在今天的发展趋向。

首先，在版刻的字体和版式上，《一切》都完全取法于南宋末年刊刻的周密诗集《草窗韵语》，甚至包括具体的行数字数。从总体上看，在中国古代版刻体系当中，《草窗韵语》应属于宋浙本的范畴。这一点，稍习古籍版本者都不难判断。而依据古本来雕印工艺性的新本，宋浙本的字体、版式，自然是首选，窃以为这也应该是最一般、最大路的途径。

除此之外，可供选择的第二条路径，是南宋中期进入成熟期之后的建本字体和版式，即横轻竖重的颜体字、四周双边、双鱼尾和细黑口的版式，这也是一种相当优美的版刻形式。

不过,《一切》版刻的用心之处,并不是仅仅承用或是仿效普通宋浙本的形式,这是因为南宋末年(度宗咸淳年间)刊刻的《草窗韵语》其本身就不是普通的宋浙本。

黄永年先生在《古籍版本学》一书中对宋浙本系统内部各不同类别书籍的版式、字体特征做过概括总结,下面以表格形式移录之。

各类宋浙本版式与字体基本特征对比表

宋浙本系统内部各不同类别的书籍	今浙江地区南宋刻本中的官刻本、家刻本和早期坊刻本	南宋中后期今浙江地区刻本中的临安府陈氏书棚本	南宋时期今江苏、安徽、江西、湖北、湖南、广东等地的多数刻本	南宋末刊《草窗韵语》	廖莹中世彩堂本《昌黎先生集》、《河东先生集》
边框	左右双边	左右双边	左右双边	四周双边	四周双边
鱼尾	单鱼尾	单鱼尾	单鱼尾	双鱼尾	双鱼尾
书口	白口	白口	白口	白口	细黑口
牌记	无	无	无	无	有(书口下端另刻有"世彩堂"堂号)
字体	程式化的欧体字	笔道相对较瘦的欧体字	欧体外还略带颜体味道,部分江西刻本颜体特点尤重	独具特色的欧体字(瘦而秀丽)	独具特色的欧体字(瘦而秀丽)

很容易看到,《草窗韵语》是宋浙本中很"另类"的一种刻本,而其所谓"另类"之处,在于变格求美。从上表当中还可以看到,《草窗韵语》的版刻形式在广义的宋浙本中虽然比较独特,但也不能说是绝无仅有,同样是在度宗咸淳年间由廖莹中世彩堂合刻的《昌

黎先生集》和《河东先生集》，风格也与之大体相似。

这世彩堂本韩、柳集，比南宋末刻本《草窗韵语》要有名得多。通看这两种刻本、三部集子的共同特征，实质上是在浙本通行版式的基础上，吸收了建本的一些创制。例如这几部书共有的四周双边和双鱼尾，就显然是取法于南宋中期以后的建本。世彩堂本韩、柳集的细黑口和刻书牌记也是这样。我们若是同时再看一下南宋时期今福建地区的官刻本，如黄永年先生所指出的那样："或白口或细黑口，或左右双边或四周双边，或单鱼尾或双鱼尾……一切均在建阳坊刻和浙本官刻之间。"（《古籍版本学》第五章《宋刻本》）两相比较，就会更容易看出建阳书坊刻书风格对这几部书的影响。

至于《草窗韵语》和世彩堂合刻韩、柳集，字体是与寻常浙刻本同属欧阳询一路风格而字型更显秀丽。特别需要指出的是，傅增湘先生曾经推测此本"全书当是以周密手书上版者"，并评议说，其书"雕工精美，笔意俱存"，所雕字体的精美程度，"视傅稺书《施注苏诗》、金应桂书《韩文》又胜一筹，极可宝重"（傅熹年整理《藏园订补邵亭知见传本书目》卷一三下）。这里所说"金应桂书《韩文》"，即指上面谈到的世彩堂合刻本韩、柳集，而"傅稺书《施注苏诗》"，是指宋宁宗嘉定六年淮东仓司刊刻的施元之、顾禧注《注东坡先生诗》。不管是周密，还是金应桂、傅稺，都是文人学士，而不是职业的写样上版工匠，所以才会呈现风格独特的字形。

综合上述这些版刻要素的独特之处，南宋末刻《草窗韵语》和世彩堂合刻韩、柳集所体现出来的总体趋向，就是前文所说"变格求美"，也可以说是宋浙本系统中工艺艺术追求的最佳杰作。明白了《草窗韵语》一书的雕镌风格在中国版刻史上的特殊地位，

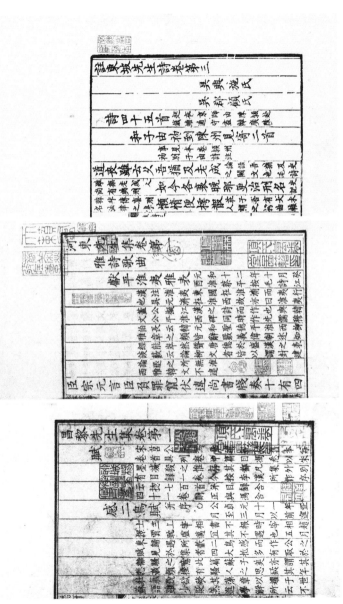

世彩堂刻金应桂书韩、柳集与淮东仓司刻傅穉书《施注苏诗》

就可以很具体地理解，模范书局这部以《草窗韵语》为母本的《一切》，其对版式与字体的选择，都体现出强烈的艺术追求。

雕刻出这类个性特征强烈的艺术性字体，自然较诸程式化的寻常版刻要多花费财力和人工。黄永年先生称"这种字体不仅要请好手写，还要请良工刻，花的工本费高于一般刻本，自然难于普及"（《古籍版本学》第五章《宋刻本》）。

黄永年先生说像《草窗韵语》这样的版刻在当时难于普及，并不等于在今天的雕版印刷中也一定居于边缘的地位。这是因为当时的雕版印刷业是一个在书籍制作领域的主流产业，重在实用，为社会提供阅读的书本，然而在今天，如前所述，雕版印刷只是作为一种传统的工艺而存在的，其价值，首先是为社会提供一种工艺品，印本的阅读功能是次要、辅助的，或者说其传播文字内容的功用已经十分微弱。这种局面，不仅是对清末以来"覆刻"宋元古本以供赏玩这一派版刻传统的继承，同时也意味着传统雕版印刷业作为一种"历史残余"的实用功能已经彻底终结。所以，从接受雕版印刷品的市场来说，首先关注的因素，是其作为工艺品的精美程度，而不是其大大高于社会通用印刷品的售价。

在这种情况下，纯理论地说，从事雕版印刷，从最低端到最高端，对刻书用字，大致可以有如下一系列选择：（1）明万历以来最通行的方体字。（2）清康熙以来在一定范围内行用的硬、软两种所谓"精刻本"的字体，前者如《通志堂经解》的字体，后者如《全唐诗》的字体。（3）明嘉靖本的字体。（4）元浙本的赵体字。（5）宋浙本的欧体字。（6）宋建本的颜体字。（7）具有独特个性化特点的写刻本字体。这些字体，都在可供选择的范围之内，而且在这个范围之外，其他类型的字体，也都可以选用，只不过就其应用的可能性和应用的范围来说，都已经很小很小。

第（1）种，明万历以来的方体字。恐怕只能偶一为之，不大可能普遍应用。原因是这种字体实际上就是今印刷字体中最普遍应用的宋体字（亦称老宋体）的母本，它是明朝嘉万间雕版印刷业"革命性发展"的结果，而这种所谓"革命性发展"，实质上就是使其版刻字体高度适宜于刀刻而不是传统的手写，其结果必然是呆板僵直，丧失艺术效果。清代康乾间把方体字刊刻得最精整的殿本，字形已经和现代宋体字相仿。所以，采用这种字体，不能很好地体现现代雕版印刷所追求的独特工艺价值。在近年创制的新字形中，如所谓康熙字典体、方正金陵体、方正清刻本悦宋体、文悦古典明朝体等，大体都是取法于这一类版刻。这在很大程度上也是由于这种字形的规整性更适合于开发通用字体，只不过比传统的宋体字稍有变化而已。

第（2）种，清康熙以来出现的所谓"精刻本"的字体，情形与上述第（1）种字体大体相近。盖现代印刷中的仿宋字和楷书字，基本上就是承此而来，即由其中"硬体"精刻一路衍生出仿宋字、由"软体"精刻一路衍生出楷书字。其中如文悦聚珍仿宋、文悦古体仿宋、方正宋刻本秀楷、方正刻本仿宋等，大体都属仿宋字的变体，也就是承袭了"硬体"精刻本一派的神髓，而如方正萤雪、汉仪全唐诗等字形，则为楷书字的变体，承袭的是软体精刻本一派的风格。这些新字形的产生，同样与清代精刻本这一路字体本身的规整性紧密相关。尽管如此，以上述两类字形为基础来开发新的雕版印本，较诸方体字仍然会有更大的开拓空间，特别是其中个性化特征稍强一些的"硬体"精刻本字体。

第（3）种，明嘉靖本的字体。在雕版印刷史上，嘉靖本的字体，是雕版印刷字体由传统手写字体向万历以后刀刻字体转换过程中的一种过渡形态，字形刚健挺拔，别有一番韵味，同时字形也算

黃鶴樓集卷上

五言古

登黃鵠磯　　鮑照

木落江渡寒　雁橫風送秋　臨流斷商絃轍

川悲棹謳遠　郢無東轅還　夏有西浮三崖

隱舟礙九派　引滄流淚竹感湘別弄珠懷

漢遊豈伊樂　餌泰得尊旅人憂

望黃鶴樓　　李白

明万历写刻本《黄鹤楼集》

比较规整，可供借鉴利用的余地很大，目前似乎还没有人开发这一类型的通用字体。值得一提的是嘉靖本的版式，完全仿效南宋浙本，也很美观。作为当今的雕版印刷，不管是字体，还是版式，嘉靖本都有仿效的价值。

第（4）、（5）、（6）三种字体，亦即元浙本的赵体字、宋浙本的欧体字和宋建本的颜体字。这三类字体，都相当美观，同时也都是较长时期应用的规范化字体，相对于那些个性化较强的字体，自然便于刻工操作，因而理应成为当今雕版印刷的主要字形。

需要指出的是，前面提到的周密手书上版的《草窗韵语》、金应桂书版的世彩堂刻韩、柳集以及傅稺书版的《施注苏诗》，虽然字体与普通写样者书写上版的浙本有所差异，但总的来说，仍属宋浙本的风格。

过去傅增湘先生曾以"宋末写刻本"称之（傅熹年整理《藏园订补郘亭知见传本书目》卷一三下），这种说法还可以分析。若谓某一刻本是由包括作者在内的文人学士手书上版即可名之曰"写刻"，这种说法固然没有什么差误，然而若是把"写刻"定义为与通行程式化版刻字体判然不同的个性化字形，上述这几种刻本的字体总的来说还都属于宋浙本特有的欧体字。像周密即自言其书法"学柳不成，学欧又不成"（周密《癸辛杂识》前集"笔墨"条），金应桂、傅稺更都以"能欧书"、"善欧书"著称于时（元戚辅之《佩楚轩客谈》、周密《癸辛杂识》别集卷上"施武子被劾"条），所以上述几种书籍的字体属于欧体也是理所当然的。像《草窗韵语》等几种书籍的字体与典型宋浙本之间这样微小的差别，在宋浙本内部是普遍存在的，因而也就没有理由单单把这几种书籍称作"写刻本"；退一步讲，顶多可以说《草窗韵语》等书是介于普通浙本和写刻本之间。

版刻史上所谓"写刻本"，一般认为是在明万历以后才成为一种风气，但若追溯其渊源，就我个人非常有限的经见来说，确实可以追溯到宋朝，而且比上文谈到的南宋后期要早很多，一直早到北宋神宗元丰八年。苏轼在这一年手书上版的《楞伽经》，今有元祐三年按照原样"摹勒镂板"的福州东禅寺版《大藏经》印本存世。

就长期的发展而言，在版刻的艺术性方面，前文所定义的"写刻本"，即作为与通行程式化版刻字体不同的个性化字形，应该具备最广阔天地，这不仅因为其字体优美独特，更主要的是它有无限的变化和拓展空间，不会让赏玩者因习见而生厌。

明万历以来直至有清一朝的所谓"写刻本"，或作者手书，或倩名家写样，还有个别的书籍是依据前代著名的写本上版刊刻（例如清乾隆年间吴门近文斋刊刻的《两汉策要》，底本很有可能是元代大书法家赵孟頫手写，此番乃依样摹刻成书），往往都与普通刻本的字体具有明显差异。

这样的刻本不仅"笔"意过强，难以与"刀"法协调，还因各有各的特点，不便刻工形成稳定的操刀技法和可重复的工艺套路，因而费工费时，成本自然较高。然而，如前所述，新时代的雕版印刷本来就应当以工艺性为其核心追求，在意的首先是以其精美程度来博得消费者的青睐，所以自然要着力向这一方向发展。

最后，我还想结合这部《一切》，来谈一谈在今天开展雕版印刷更适宜于刊刻什么样的书籍。

雕版，是一种自唐代传承下来的印刷工艺，这种形式最好是与其承载的内容相统一，这样才能获得最佳的审美享受。所以，最好是雕印传统的四部著述。退而求其次，也可以选择雕印一些今人的古体著作，不过或其人品、或其作品应确实值得称道，有

楞伽阿跋多羅寶經卷第手 身

宋天竺三藏求那跋陀羅譯

一切佛語心品第三

爾時世尊告大慧菩薩摩訶薩言

意生身分別通相我今當說諦聽

諦聽善思念之大慧白佛言善哉

世尊唯然受教

佛告大慧有三種意生身云何為

三所謂三昧樂正受意生身覺法

自性性意生身種類俱生無行作

意生身修行者了知初地上增進

相得三種身大慧云何三昧正

受意生身謂第三第四第五地三

昧樂正受故種種自心寂靜安住

心海起浪識相不生知自心現境

界性非性是名三昧樂正受意生

宋福州东禅寺刻《大藏经》本《楞伽经》

侍者曉機求錢塘求善士刻之

板遂以為金山常住元豐八年

九月九日朝奉郎新差知邻州

軍州兼管内勸農事騎都尉借

緋蘇軾書

此經流布到福州即元祐三

年二月也等覺禪院乃命工

募勒鏤板安之本院法寶也

盧大藏願此殊勳與物同霑

都句當作製碑

同句當住慶成院賜紫沙門 澄洞

同句當住文殊院沙門 紹燈

都勸首住興·覺院慧空大師

沖真

宋福州东禅寺刻《大藏经》本《楞伽经》之卷尾题记

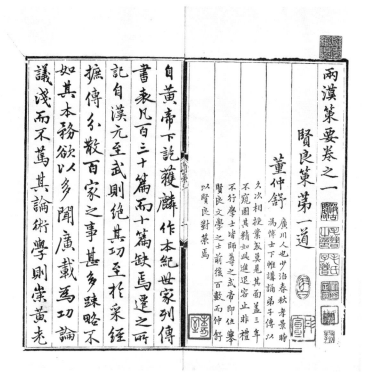

清乾隆年间吴门近文斋刊本《两汉策要》

欣赏、收藏的价值（说实话，现在六七十岁以下的人，即使仿作古文，也写得实在不像样子。凑两句诗，填个词，还马马虎虎糊弄得过去）。作为商家，为顺利开展业务，不得不印行某某管事领导的诗文，虽然世人也都能理解其苦衷，但这终归会成为不值一顾的垃圾。因为尽管工艺的精美性是消费者首先要考虑的要素，但这毕竟是书，消遣的书更不能让人开卷生厌。

至于雕印像《一切》这样的当代诗人的诗集，我觉得在内容与形式之间实在太不协调了。偶一为之，或尚无关大局，但实在不宜进一步推广（顺便多说两句题外话，窃以为所谓"新诗"已经走到了尽头，剩存的空间已经极其微小，而且必将越来越小。因为不管是诗、是词、还是曲，这些韵句本来都是被之管弦、唱于歌喉的，脱离乐曲而徒诵于人口，是随着其日益普及而在不具备相关条件下而出现的"异化"现象。当代音乐欣赏与制作的大众化，又使诗句与乐曲重归统一。美国民谣歌手鲍勃·迪伦获得2016年诺贝尔文学奖，在很大程度上也是对这一现象的一种反应。在这种情况下，以流行歌曲唱词为主的各类歌词，就会完全取代"新诗"的地位）。

除了卷帙完整的古代著述之外，我想择取一些著名的古诗文名篇，以适宜的字体和版式付诸梓人，或是挑选一些古代著名的、有代表性的版刻仿而制之，俱以单页镌印，可装镜心，可制手卷，很适合赏玩的属性。单单一页，价格不会很高，不管纪念品，还是个人酬宾的礼物，都很适宜，会有很大销量。譬如，我手头有一页北京卓德拍卖公司雕版复制的北宋真宗大中祥符年间刻本《钱塘西湖昭庆寺结净社集》，因其原本雕印于北宋前期，极为珍贵，其字体和版式，特别是蚕头燕尾的颜体字，对中国古代版刻史研究具有重大价值，同时也颇具赏玩价值，堪称旷世奇宝（别详拙文《北宋刻本〈钱塘西湖昭庆寺结净社集〉的发现及其在版刻史研究中的价值》，刊卓德公司编印《北宋刻本西湖结莲社集学术研讨会论文集》），因而仿刻这种版本的单页，就应该是一种比较适宜的做法。

在选刻古诗文名篇时，针对不同的需要，选择不同的诗文，采用不同的款式和字体，也有诸多变幻的花样，市场范围亦随之拓展。在这里，我先推荐一首很多人都会心有同感的千古名句，这就是唐朝诗人章碣写的七言绝句——《焚书坑》：

大宋杭州西湖昭慶寺結社碑銘 并序

翰林學士承旨通奉大夫尚書吏部侍郎知

制誥修國史判昭文館兼開封府事上柱國廬

陵郡開國侯食邑一千三百戶賜紫金魚袋蘇易簡撰

太宗在宥于化紀號之元年天象高明七政齊而

大寶淳定人時上五瑞登而王帝駿奔俗躋仁壽

璠璣玉衡於寰中王帝駿奔萃於天下混

黃絲藝之致新惟以金書寶由藏事開冊宜書杭州

相名臣釋之念由精之通文武之

平將行道致收敷荷恩省身

洽倫之勤倫之發剝血和墨書寫

蓮運上士勤之彝昭慶寺僧曰省延

書之每良工即大方廣佛華嚴經

書一字必三作禮三圍繞三稱佛名

者書何即大方廣佛華嚴經淨行一品

明時景祥下報四恩上剝血和墨書寫

卓注 北宋本結蓮社集研討會紀念

2015年北京卓德拍卖公司雕印《钱塘西湖昭庆寺结净社集》单页

髦毛

◎ 焚書坑

竹帛煙銷帝業虛 關河空鎖祖龍居 坑灰未冷
山東亂劉項元來不讀書

東都望幸

懶脩珠翠上高臺眉月連娟恨不開縱使東巡
也無益君王自領美人來

旅舍早起

跡暗心多感神疲夢不遊驚舟同戲夜獨樹對
悲秋晚角和人戰殘星入漢流門前早行子敲

明嘉靖本《唐百家诗》中的《章碣诗集》

竹帛烟销帝业虚，

关河空锁祖龙居。

坑灰未冷山东乱，

刘项元来不读书。

对于我们大多数真心读书的人来说，书中绝不会有黄金屋，书中也未必会有颜如玉，但书中确实有"宇宙真理"。雕印一些这样的诗文，必将受到人们的真心欢迎。

2017 年 7 月 9 日

我的捺印本

　　就印制的技术而言，谈到所谓"捺印"，应该是指将印版向下压印纸面的印制方式。其做法和原理，都与钤盖图章相同。在印刷术发展史上，这样的"捺印"，起到过先导的作用。当年在大唐的时候，正是由玄奘和王玄策等从印度带来这种"捺印"佛像的模板，率先在中土印制佛像，随后又用它来印制梵文陀罗尼经，从而才带动产生了雕版印刷术。

　　另一方面，在版本学的意义上讲，还另有一种"捺印"，这就是在书版涂好墨后，先用干净的纸条遮盖某些字，也就是把纸条"捺"（压）在书版中想要遮盖的字上，然后再刷印书页。这样一来，被"捺"住的字，墨被纸条遮住，印不到书页上，刷出来的书页，就比不"捺"纸条而正常印出来的书页缺少所遮盖的字。待装订成册，便成为一种独特的印本。这样的印本，就称之为"捺印本"。

　　当年听业师黄永年先生讲古籍版本学，专门谈过这种"捺印本"。记得永年师说，康熙年间镌梓的《通志堂经解》，其中有些书，会在正式大量刷印之前，遮住清人翻刻的注记，以显古雅，用以馈赠勋贵或是雅有同好的友人。

　　永年师讲授这样的版刻知识，当然是以自己经眼入手的实物为基础。同时，在一定程度上，也应承袭了前辈讲述的经验。盖缪荃孙在《琉璃厂书肆后记》一文中，已经谈到过相关的情况：

> 　　厂桥。桥之西，路南，……再西，宝森堂主人李雨亭，与徐苍崖在厂肆为前辈。曾得姚文僖公、王文简公、韩小亭、李芝龄各家之书，所谓宋椠元椠，见而即识，蜀板闽板，到眼不欺，是陶五柳、钱听默一流。尝一日手《国策》与予阅，曰："此宋板否？"余爱其古雅，而微嫌纸不旧。渠笑曰："此所谓捺印士礼居本也。黄刻每叶有镌工名字，捺去之未印入，以惑人。通志堂《经典释文》、《三礼图》亦有如此者。装潢，索善价以备配礼送大佬者，慎弗为所惑也。"

上述引文中最后一句话，不管怎么点读，我都觉得不够顺畅，现在像上面这样读，仍然有些别扭。我依据的是 20 世纪 30 年代张江裁刊《京津风土丛书》收录的文本（页 2a），不知道是不是另有其他版本，其文字会有所不同。

　　按照上面的理解，宝森堂书铺李老板向缪荃孙先生讲述的情况是：黄丕烈《士礼居丛书》刊刻的《战国策》等典籍，有些印本，被捺去每页书口附记的刻工名字。然而，这一说法，颇为令人疑惑。盖《士礼居丛书》本《国策》，其书口所镌刻工姓名，乃赵宋书坊中人，而不是清代操刀的工匠，士礼居主人只是依样画葫芦而已，这也是当时仿刻宋元旧本的通行做法。明晰这一情况，就不能不对李老板的说法感到诧异：刷印者捺去宋版书上的刻工姓名作甚？这只能使其与宋刻原本拉开很大距离，而不是与原本更为相像，犹如画虎去皮，精明的书商怎么会做这样的蠢事？

我推测，上面所见缪荃孙的表述，应存有差误（手民误植的可能性很小）。实际的情况，很可能是捺去《士礼居丛书》的牌记，即《战国策》卷末所镌"嘉庆癸亥吴门黄氏读未见书斋影摹宋本重雕"字样，这样就会给人一种仿佛宋刻古本的"古雅"样貌。当然，我经见的古刻旧本实在太少，所说不一定符合实际情况。若有亲见捺印本《士礼居丛书》者，幸望有以教之。

宝森堂主李雨亭讲述的另一个情况，即"通志堂《经典释文》《三礼图》亦有如此者"，则与黄永年先生讲授的情况完全一致，即康熙年间徐乾学代纳兰成德刊刻的《通志堂经解》，有部分书籍在正式大规模刷印之前，会捺去书口下方镌梓的"通志堂"这一自家标识（是不是还同时撤去了重刻时新加的前序后跋之类附件以及内封面等，则不得而知），使其看上去略具宋浙本的神态，用以自娱，并分赠友好，兼以娱人。

考虑到《通志堂经解》中颇有世所罕见的典籍，诸如李雨亭所说《经典释文》和《三礼图》就是如此，就更易理解选择这些重要典籍加以"捺印"的缘由，即在获读这一罕见典籍的同时，再稍微加一点儿花样，尽量使其接近原本的面貌，使读者多享受一分读书的乐趣。

在嘉德公司的2000年秋季拍卖会上，曾经拍卖过一部捺印的《通志堂经解》本《尚书详解》，钤有"古希天子""乾隆御览之宝""天禄继鉴"等玺印，并题有乾隆皇帝弘历自己书写的御制诗。这首御制诗，收录于《天禄琳琅书目后编》卷一，颜曰"题宋版尚书详解"，全文如下：

五十八篇始至终，历为详解折于中。道心毋使人心杂，

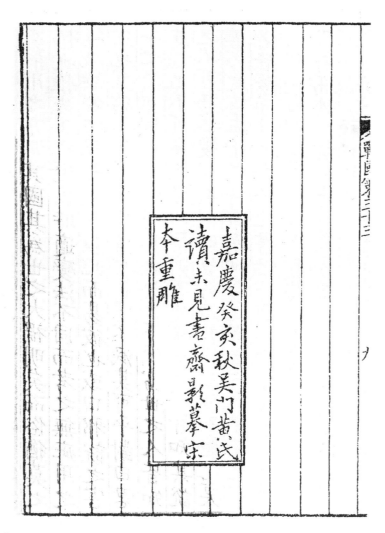

《士礼居丛书》本《战国策》黄氏刻书牌记

圣法由来王法通。士行胡编诚足贵（德勇案："贵"字书上
御笔作"匙"），九峰蔡传实相同。设如切己举其要，二典
三误用不穷。

这显然是因其捺印而被误认作了宋版。有意思的是，《天禄琳琅
书目后编》中竟然特地附注说："是书《通志堂经解》翻刻，此
其原本也。"所谓"天禄琳琅"中类似的荒唐事儿还有很多，殊
不足怪。弘历歪诗中的"士行胡编"，是指本书作者宋人胡士行。
此书今似已别无宋本存世，就连乾隆年间是否有人见到过宋刻，
也很值得怀疑。检邵章《增订四库简明目录标注》，著录此书仅
有《通志堂经解》本一种版本，而《通志堂经解》本实系"从天
一钞本刊"，与子虚乌有的所谓宫藏宋本毫无关系。

　　这样的印本，我曾得到过一部，系《通志堂经解》本《公是
先生七经小传》。这部书篇幅虽小，只有上、中、下三卷，却是
一部划时代的著述。作者刘敞（乃弟刘攽私谥之曰"公是先生"），
是北宋仁宗年间在经学领域倡导独立思考以打破"守故训而不凿"
局面的代表性著作，开创一代学风，在学术史上的地位至关重要，
而除宋刻孤本之外，至清朝初年，世间已罕见其他版本流传。需
要进一步指出的是，清代的学术，虽然是以反宋学的面目出现，
实际上继承的却正是宋儒自我思索的学风。开创清代学术风气的
顾炎武，走的正是朱熹走过的路径，而上溯朱熹学术的源头，就
不能不谈到刘敞的这部《七经小传》。既然是如此重要的典籍，
大家也就能够明白，其价值足以与前述《经典释文》和《三礼图》
并列，读者也就容易理解徐乾学、纳兰成德要以"捺印"的形式
刷印此书的道理。

　　除了"捺印"以外，我的这部《公是先生七经小传》，印书

尚書詳解卷第一

堯典第一　　　　　虞書

堯典唐書左傳引勸之以九歌曰夏書而皆繫之

虞堯授舜授禹三聖授受一道也正義以堯典

爲虞史追書

昔在帝堯　唐帝名　聰　聽無不聞　明　視無不見　文　經緯思　思　心無不通　光　德盛輝光　宅　如宅覆冒

天下將遜　遁于位讓于虞舜　老使舜攝之　作堯典　史臣作堯典一書以紀之

此孔子序述一篇之大旨也　績用弗成以前光宅

天下之實　杏岳巽位以後將遜於位之實（呂云）

聰明先知先覺也文聰明之散見於外者也思聰

明之緼蓄於内者也光輝方在天下一旦遜位視

《通志堂经解》捈印本《尚书详解》

70

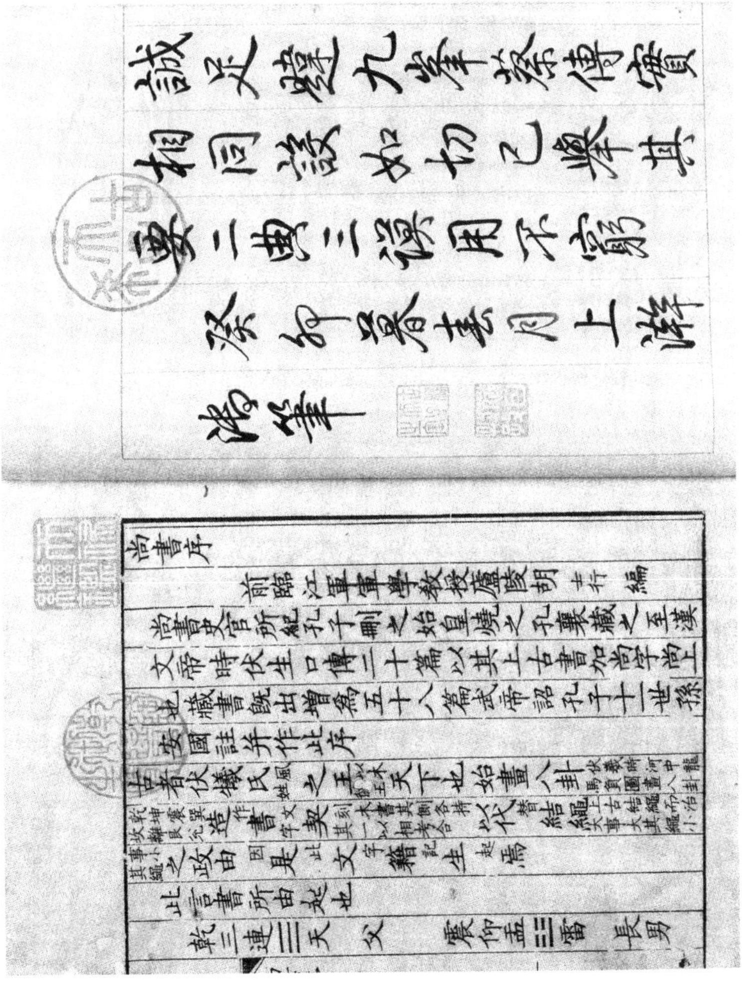
尚書序
前鄉江軍事學教授廬陵胡士行編
尚書史官所紀孔子刪之始皇燒之孔襄藏之至漢
文帝時伏生口傳二十篇以其上古書加尚字尚上
也藏書既出增爲五十八篇武帝詔孔子十一世孫
安國註并作此序

《通志堂经解》捺印本《尚书详解》

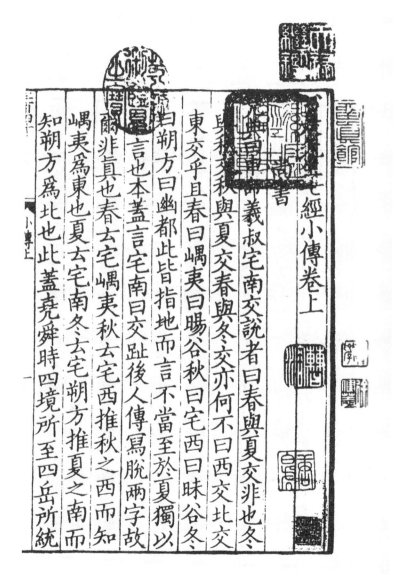

經小傳卷上

即義叔宅南交説者曰春與夏交非也冬

與秋交秋與夏交春與冬交亦何不曰西交北交

東交乎且春曰嵎夷曰暘谷秋曰宅西曰昧谷冬

曰朔方曰幽都此皆指地而言不當至於夏獨以

言也本蓋言宅南曰交趾後人傳寫脱兩字故

爾非真也春云宅嵎夷云宅西推秋之西而知

嵎夷爲東也夏云宅南冬云宅朔方推夏之南而

知朔方爲北也此蓋堯舜時四境所至四岳所統

《续古逸丛书》影印宋刻本《公是先生七经小传》

公是先生七經小傳卷上

尚書

堯典曰申命羲叔宅南交說者曰春與夏交非也冬
與秋交秋與夏交春與冬交亦何不曰西交北交
東交平且春曰嵎夷曰暘谷秋曰宅西曰昧谷冬
曰朔方曰幽都此皆指地而言不當不次夏獨以
氣言也本蓋言宅南曰交趾後人傳寫脫兩字故
爾非真也春云宅嵎夷秋云宅西推秋之西而知
嵎夷爲東也夏云宅南冬云宅朔方推夏之南而
知朔方爲北也此蓋堯舜時四境所至四岳所統
也故舉以言爾

《通志堂经解》捺印本《公是先生七经小传》

用纸也比较特别，是一种近似于开化纸的纸张，不过颜色却是很
雅致的古色。另外，卷首还钤有"明善堂览书画印记"的白文印章，
知是清怡亲王弘晓的旧藏，故疑属初刷成时为纳兰成德所赠送。

　　每一部古书都是有生命的，并不仅仅是富商阔佬随意把玩的
古董，也并不仅仅需要后人珍爱呵护，还需要我们后世读者悉心
体味其丰富的内涵，从形式，到内容，都是这样。

2017 年 6 月 21 日记

丁酉初春海淀购书小记

2月24号，按照中国传统的历书，是丁酉年的正月二十八。旧时习惯，若把一年之内的各个月份与四季相匹配，正、二、三月属春季。当然，若是以节气论四时，情况会有所差异，但2月3日立春，这是春时的开端，实际上只是向后错了不到一个星期。可见，不管怎么算，这一天都可以说正值初春的末尾。春风和煦，春光明媚，春的感觉确实是很真切。

海淀的中国书店，就在这样的日子里，搞了一次规模不是很大的古旧书展销。确切地说，这次古旧书展销，是从2月24日这一天的上午开始的。

提前两天知道举办这次展销的消息。一下子，触动了暌违很久的一种情愫。那是自己"狂胪文献耗中年"的岁月，是在那样的岁月里，年复一年，一场接着一场，徜徉于京城各个书市时心慌心跳的感觉。

那是一种只有书痴才有的体验，也只有他们才懂的独特感觉。一大早起来，近则骑车，远则一趟趟换公交、地铁，赶到书市的门外。一大群人，拥挤在一起，兴奋地等待，等待放行入场那一幸福时

75

刻的降临。看一看对面的人，就知道自己是怎样一个怪模怪样的傻瓜。

这是一种早已逝去的生活，一种曾经有过的体验。尽管我还是按照老习惯提前来到了书店的门前，在门前等待，但和我一样等待的不过十来个人，而且每个人的脸上，也都不再有昔日那种期盼和焦急。来的都是依然耽溺于古旧书的"瘾君子"，自然也都清楚：时移世易，绝不会再有动人心魄的便宜货色。

心理期望如此，自然也就无须斯文扫地般地争抢入场。展销的专场，设在书店的三楼。按照时代和装帧、印制的形式划分，大致可以把展销的古旧书概括介绍如下：（一）当代近年印制的普通新书。（二）当代及民国洋装铅印本以及艺术、文物、考古方面的大册美本。（三）当代及清末、民国影印、石印典籍。（四）明清普通刻本。（五）明清善本典籍。虽然与京城书市盛世相比，各类书籍的数量，都显得很少，但若是就其质量和档次而言，却不仅不低，还可以说高出很多。

因为这里面还颇有一些明清精刻善本。像明嘉靖十四年吴郡袁褧嘉趣堂翻宋淳熙本《世说新语》，棉纸精印，纸白墨亮，不仅曾归康生所有，沾上一代要人的"妖气"而愈增妖艳，而且在影印日本所藏南宋刻本之前，这个版本也是《世说新语》最早最好的版本，所以才会被印入《四部丛刊初编》。

这也可以说是这次古旧书展销的特色。它已经不再是昔日大排档似的"书市"，像上面谈的嘉趣堂本《世说新语》，是上大拍的名本。但来买书的人也今非昔比，好几个人一上楼就抢着去看这类高档货色。

档次高，价格当然也不会低。即使是普通的洋装旧书，同样也不会太便宜。但毕竟是集中一批古旧书同时上架，这在现在，这么多年来，跑遍北京城，也找不到第二家了。站在店面里一本本地看书，是一种享受，不在于一定要买。况且上架展销的大部分古旧书，售价还是比拍卖会上和店里平常出售的书籍要略低一些，遇到喜欢的，愈加感觉来得很值，至少不会有忍痛割肉的感觉。

因为过去买旧书太多，重要的学术旧书，都已有了，自然不会像年轻人那样一脸喜色地两手乱抓。看了两个多小时，还是买了一部很普通的旧刻本学术书，这没什么特色，不值一提。想在这里和大家多说两句的，是唐长孺先生的《唐书兵志笺正》。

说老实话，我对唐史乃至魏晋南北朝史没有多少研究，唐长孺先生的书和文章，基本没有读过，这本《唐书兵志笺正》，同样没有认真地阅读，只是大致翻看了一下而已。所以，在这里讲这本书，也只是结合旧日读书笔记，拉拉杂杂地谈谈"书外"的事情。好在我们喜欢买旧书的人，往往如此。有很多狂买古书旧书的朋友，懂的就是"书衣之学"，喜欢看的，也是写在书皮子上的闲话。

虽然很多书都顾不上仔细读，但我买这种旧书，主要还是为用，也就是为了读书。所以，过去很少成龙配套地刻意置备不同的版本。也许是因为除此之外再没有找到什么自己喜欢而且价格也乐于接受的旧书，这次竟然一下子买下两本《唐书兵志笺正》：一本是1957年10月的初版本；另一本，是1962年9月的"新1版"。除了封面装帧，这"新1版"也没看出和原版有什么不同，文字一模一样，连内封面都是如此，所谓"新"，"新"的只是出版社：出版者由科学出版社，转换成了中华书局，实际上是把纸型移交给了后者。

这种买法，看起来好像多少有些藏书家的味道了，但我实际上还是另有缘由。这就是很多年以前，在琉璃厂的古旧书市上，我本来早就买到过一册这部书。有一次，闲谈间说起，业师黄永年先生说："这书我还没有，你送给我吧。"爱买古旧书的人，束之高阁，是一种常态。这本《唐书兵志笺正》就是这样，一直静静地放在我的书架上。见识之凹，下之又下，永年师不说，我也不会过分看重，可一听连他老人家都这么想要，那里还舍得放手。急忙禀报："拿去看多长时间都可以，但书得算我的，是要还的。"急赤白咧的样子，逗得先生哈哈大笑。

就是如此吝啬地留下来的一本书，迁居到现在的住所之后，却怎么也找不到了。书多，找不到是常有的事儿，可这本书既有这么一段故事，找不到却总是觉得很不舒服。现在又遇到了，就一块儿都买了下来，算是加倍做了补偿，让自己心里更舒服一些。

这本书的书名，是唐长孺先生自己题写的，当然书名也是他自己定的。我完全不懂书法，这个书签写得好不好，实在不敢说，壮着胆子，也只能说字写得很有特色。我想谈的，是"唐书兵志笺正"这几个字所体现的内在涵义。

我们现在读到的《唐书》有《旧唐书》和《新唐书》之分，但这两部书本来的名称都只是称作《唐书》。称《旧唐书》者，纂修在先，是在五代后晋时由刘昫等奉敕编撰的；称《新唐书》者，则是宋仁宗命宋祁、欧阳修领衔率人修纂的。

宋廷之所以组织学人重修李唐一朝的正史，就是想用后者取代前者的地位，所以才会取用与前者完全一样的书名。不过，毕竟已有同名史书在先，为与后晋所修《唐书》旧本相区别，作为一种俗称，当时已有人将本朝新修之书称之为"新唐书"。相应地，大致从南宋时期开始，也把后晋所修者称作"旧唐书"，当然这同样只是一种俗称，而不是正式的书名。至于后世在刊印这两部《唐书》时在内文所印的书名，"旧唐书"一名始见于清乾

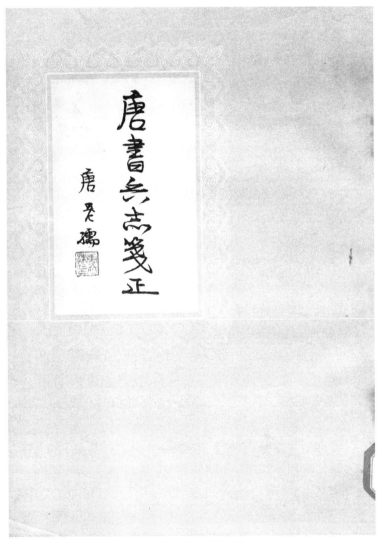

1957 年 10 月科学出版社初版本《唐书兵志笺正》

隆年间武英殿刊刻的所谓"殿版"《二十四史》，"新唐书"则一直没有印入内文，今中华书局的点校本也只是把"新唐书"作为非正式名称印在封面上。这里需要说明一下，古书的正式名称，是内文各卷卷端题写的书名，其他诸如书函、书衣（也就是封面）等处的称谓，可以是正式的书名，也可以是俗称，随意性很强。

形成这一局面的原因，是北宋朝廷颁行宋祁、欧阳脩的《新唐书》之后，刘昫的《旧唐书》就一直尠少流传，世人所说《唐书》，本多即宋祁、欧阳脩之书而言。至清乾隆年间武英殿刊刻所谓"钦定"《二十四史》，本是逐次递增而成，先是乾隆四年刊刻了清廷纂修的《明史》，其后接着刊刻《史记》以下的《二十一史》，其中包括宋祁、欧阳脩的《唐书》，故一依原书旧式，镌作"唐书"。后来才又加刻刘昫之书，因同一套书中，已有宋祁、欧阳脩的《唐书》在先，为避忌重复，便把这部同名的《唐书》以其俗称"旧唐书"刻作书名，于是，内文中就正式出现了"旧唐书"一名。这一处理方式，一直被继承下来。

至于学者著书作文，引述这两部《唐书》，还有更省事儿的办法，通常是分别将其称作"旧书"和"新书"。开个玩笑：哪怕是刚刚出版的刘昫之书，也是"旧书"；反之，哪怕是宋版的宋祁、欧阳脩之书，也算"新书"。这都是行业惯用术语，和匪盗的黑话，性质相近。

唐长孺先生这部《唐书兵志笺正》，是 1945 年写定的书稿。依循成规，作为书名，还是应该采录被"笺正"书本来固有的名称，也就是《唐书》，所以才会如此取名，而不是《新唐书兵志笺正》，尽管唐先生在书中往往径称刘昫书为《旧唐书》或《旧书》，称宋祁、欧阳脩书为《新书》，但那都是为行文方便使然，与堂堂皇皇的"正名"，不可相提并论。这看起来好像是一件无所谓的小事，实际

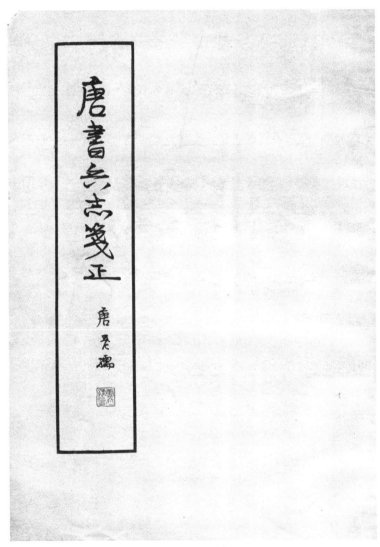

1962 年 9 月中华书局新 1 版《唐书兵志笺正》

上却显现出很纯正的学术根基。"书衣之学"的内涵，有时也不是那么简单。

唐长孺先生"笺正"的内文，那是"书瓤儿"，是干货，没花过相应的功夫，不敢瞎谈。不过以业师黄永年先生之看重，一定是一部上好的学术著作是了。这部书不仅内容一流，短短一篇序文，也写得极其精当。例如，开篇即谓："所以要创立这一项志目，如《兵志》序言所述，是因为国家的兴亡治乱，'自战国秦汉以来，鲜不以兵'。人所共知，宋皇朝自建立以来，一直坚持重内轻外的政策，《兵志》的中心思想便在于此。"继欧阳脩之后，在南宋初年，有钱文子者，撰著《补汉兵志》，表面上似乎是要为《汉书》增补这么一篇志书，实质上却与欧阳脩的着眼点一样，系为宋事立议，足见所谓"兵事"对赵宋一朝的特殊意义。其更加宏大的历史关照（即宋代军事制度"和宋代封建土地所有制范畴内所发生的变化相适应"的问题），姑且置而不论（当然，序文写于1957年5月，文中所述作者心中关注的大的历史发展脉络，是12年前动笔书写这部书稿时就有了的认识，还是作者针对当时的战争局势另有寄寓，这很值得动脑筋想一想）。在阐述撰著这部《笺正》的具体缘由、或者说是"技术性"原因时，唐长孺先生直接针对《唐书·兵志》，谈到了对所谓《新唐书》著述缺陷的一些看法。这也可以说是广义"书衣之学"的内容。

其说如下：

其意在于垂戒，而不在于叙事，这就不免常常疏忽对于具体史实的正确考订。同时，这是一种著作，而不是资料的长编，在写作时作者必须把所据资料加以删节、综合，在此过程中，也就不免产生一些错误。由于上述原因，或者是疏

唐書兵志箋正自序

宋代重修唐書，志的部分增加了選舉和兵兩種項目。選舉志大體依據通典選舉門，兵志却是前無所承的一種創作。所以要創立這一項志目，如兵志序言所述，是因爲國家的興亡治亂，「自戰國秦漢以來，鮮不以兵。」人所共知，宋皇朝自建立以來，一直堅持重内輕外的政策，兵志的中心思想便在於此，作者一再叮嚀決不能把兵柄交給將帥。兵志是很贊美府兵制的，認爲這是「高祖、太宗之所以盛」，然而他贊美府兵制還是從重内輕外這個角度出發，並不像很多人那樣注重軍費開支的節省。

在唐初，府兵制自然是軍事上的主要組織形式，但即使在高祖、太宗時也已經徵募並行。以後「募」的辦法日益推廣，唐玄宗統治期間，彍騎、長從宿衛代替了上番府兵的任務，長征健兒代替了府兵征鎮的任務，募兵或職業兵制就完全代替了府兵。長征健兒不久就變成與中央對立的藩鎮武裝力量，彍騎形同虛設，中央宿衛任務完全由元從禁軍發展起來的各種北衙軍擔任。這樣一個變化是和封建土地所有制範疇內所發生的變化相適應的，它和當時的各項政治、財經制度上的變化幾乎同時發生，這不是偶然的事。

唐書兵志給我們提供了一些重要的資料，但是兵志的記載並不全部正確，也多缺略。爲了明確這些變化的所由發生，需要從各個環節去觀察，軍事制度是其中之一。毫無問題，兵志序說得

一

《唐书兵志笺正》唐长孺先生自序

于考订，或者是对原有记载有所误会，特别是企图"事增文省"，以致删节不当，意义含糊，就使我们在应用《兵志》资料时不能不重新加以审核。

在全书的末尾，表面上是更具体地针对所谓"马牧"问题，唐长孺先生写道：

> 按《兵志》多虚辞咏叹，而述马牧则但排比史料而已。今征之他书，旧史所载略可覆按，而见于《会要》卷六十六、卷七十二、《册府》卷六百二十一者尤多，然亦有出于《会要》、《册府》之外者，大抵能迹其所本。而《会要》卷六十五、六十六、七十二及《册府》所载则不见收采者亦多，去取之间，颇不可解。……《册府》《会要》，荟类之书，所载且未尽撷取，或并未检阅，则其取材之不备又可推而知矣。

这实质上也述及宋祁、欧阳脩《新书》的总体质量问题。唐先生的论述，文约而省，行文控制得甚为得体。

在书店里选书时，遇到一位年轻的朋友，询问一些古籍版本的知识。我告诉这位朋友，千万记住买书收藏，更重要的是要关注书的内容，因为书终归是为读而写的。作为读书的感想，对唐长孺先生讲述的这些内容，不妨稍予引申，在这里简单谈一谈相关的基本文献学问题。

唐长孺先生所说《新唐书·兵志》的缺陷，实际上是《新唐书》全书所共有的问题，绝非一篇《兵志》而已。然而做专题的研究，力求实证心得，切忌泛泛而论，这是高水平学者所要遵循的基本准则。正因为如此，唐先生在此书中，字字句句都是直接针对《兵志》

科学出版社本《唐书兵志笺正》内封面

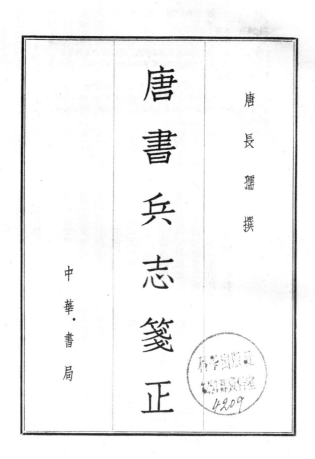

中华书局本《唐书兵志笺正》内封面

而发,但实际上,就《新唐书》全书而言,这类缺陷,早已有人指摘。

《新唐书》颁行未久,在哲宗元祐四年,就有一名吴缜者撰著一本专书,名曰《新唐书纠谬》,篇幅之多,竟达洋洋二十卷,——胪列宋祁、欧阳脩《新书》的错谬。书前有吴氏自序,首先从修史角度指出,《新唐书》在动手"修书之初",即有八大疏失:

> 一曰责任不专。
>
> 二曰课程不立。
>
> 三曰初无义例。
>
> 四曰终无审覆。
>
> 五曰多采小说而不精择。
>
> 六曰务因旧文而不推考。
>
> 七曰刊修者不知刊修之要而各徇私好。
>
> 八曰校勘者不举校勘之职而惟务苟容。

看这性质,哪一条都很严重。对上述疏失具体的说明,如其中第七大疏失"刊修者不知刊修之要而各徇私好",吴氏述云:

> 何谓刊修者不知刊修之要而各徇私好?夫为史之要有三:一曰事实,二曰褒贬,三曰文采。有是事而如是书,斯谓事实;因事实而寓惩劝,斯谓褒贬;事实褒贬既得矣,必资文采以行之,夫然后成史。至于事得其实矣,而褒贬文采则阙焉,虽未能成书,尤不失为史之意;若乃事实未明,而徒以褒贬文采为事,则是既不成书而又失为史之意矣。《新书》之病,正在于此。其始也,不考其虚实有无,不校其彼此同异。修纪志者则专以褒贬,笔削自任;修传者则独以文辞华彩为先,

> 不相通知，各从所好。其终也，遂合为一书而上之，故今之《新书》，其间或举以相校，往往不訾黑白方圆之不同，盖不考事实相通知之所致也。斯岂非刊修者不知其要而各徇私好之故欤？

唐长孺先生对《兵志》所做的订正，基本上都是针对这样的弊病而发，也大致没有超出上述范畴。

当年吴缜所做的具体纠谬工作，主要是通过"以本书互相质正"即用现今所谓"本证法"来查出《新书》纪事的错失，亦即以子之矛，攻子之盾。观其卷首目录，可见大概内容：

> 一曰以无为有。
>
> 二曰似实而虚。
>
> 三曰书事失实。
>
> 四曰自相违忤。
>
> 五曰年月时世差互。
>
> 六曰官爵姓名谬误。
>
> 七曰世系乡里无法。
>
> 八曰尊敬君亲不严。
>
> 九曰纪志表传不相符合。
>
> 十曰一事两见而异同不完。
>
> 十一曰载述脱误。
>
> 十二曰事状丛复。
>
> 十三曰宜削而反存。
>
> 十四曰当书而反阙。
>
> 十五曰义例不明。

十六曰先后失序。

十七曰编次未当。

十八曰与夺不常。

十九曰事有可疑。

二十曰字书非是。

惟吴缜所指疏误，也有不尽适宜之处。如其第十一类"载述脱误"所举例证有"孔颖达传误"一条，乃谓：

> 《孔颖达》传云："太宗问：'孔子称以能问于不能，以多问于寡，有若无实若虚，何谓也？'对曰：'此圣人教人谦耳。'"今案《论语》，此乃曾子之语，非孔子所言也。太宗误问，而颖达误对，史臣误书也。

既然此属"太宗误问（误问）"、"孔颖达误书（误对）"，那么，这种"误问"与"误书"就是真真切切的历史事实，此正吴氏所主张之"有是事而如是书也"，史臣本属秉笔直书，何以斥为"误书"？可见，也不能盲目信从吴缜的看法。

看上面这些分门别类的针砭，就可以看出，吴缜撰著《新唐书纠谬》的主旨，在于指明《新唐书》的缺陷，而不是一一辨明书中每一处的内容。唐长孺先生的《唐书兵志笺正》不是这样，它是要逐一笺释《兵志》记述的出处，同时正定欧阳修的失误（《志》这一部分，都是欧阳修写的），但大致也没有轶出于吴缜列举的这二十条内容之外，只是笺正的资料，更多地是利用《新唐书》以外的其他著述，尽可能依恃更原始的记载，与吴氏之偏恃《新书》本证，有很大差别。盖唐长孺先生意在为相关研究提供坚实可信的史料基础（尽管书中已经解决很多重要历史问题），是为揭示历史真相。宗旨既别，做法自异。

除了一意"垂戒"以致"常常疏忽对于具体史实的正确考订"之外，唐先生谈到的《新书》在属笔行文方面的一个重大问题，就是过分苛求"事增文省"和"多虚辞咏叹"。在这一方面，欧阳文忠公也颇受前人诟病。

南宋初年，晁公武撰《郡斋读书志》，即概括指出，宋祁、欧阳脩率人写成新编《唐书》之后，"上于朝，自言曰其事则增于前，其文则省于旧也，而议者颇谓永叔（案欧阳脩字永叔）学《春秋》，每务褒贬；子京（案宋祁字子京）通小学，惟刻意文章。采杂说既多，往往抵牾，有失实之叹焉"（袁本《郡斋读书志》卷二上"新唐书"条）。对《新唐书》主要撰稿人欧阳脩和宋祁的治史能力，北宋时人就颇有非议，如哲宗、徽宗时人黄伯思即曾针对欧阳脩考证碑石的能力作有评议云："大凡考校往古事迹，先须熟读强记，遇事加之精审，决无疏略，欧阳公《集古》，其文章冠世，后人岂可跂及，然大要在考校而非所长，是可叹也。"（黄伯思《东观余论》卷下《论灵台碑》）。

这些评议，都是从消极处着眼，就其积极方面而论，南宋时人陈傅良尝就有宋之文化发展历程论之曰：

> 宋兴，士大夫之学亡虑三变。起建隆至天圣明道间，一洗五季之陋，知乡方矣，而守故蹈常之习未化，范子始与其徒抗之以名节，天下靡然从之，人人耻无以自见也。欧阳子出，而议论文章，粹然尔雅，轶乎魏晋之上。久而周子出，又落其华，一本于六艺，学者经术，遂庶几于三代，何其盛哉。（陈傅良《止斋先生文集》卷三九《温州淹补学田记》）

欧阳脩之"议论"，自应包括上述"垂戒"的政治言论在内，而陈氏在此特别推崇欧阳文忠公"文章"的历史地位，则更为清楚地凸显其主要社会影响在于文，而不是史。

玩弄文辞是一件清闲的事儿，雅好此道者比傻乎乎地读史书的人不知要多出多少倍，固文名隆盛，是好事。不过同时也可能是件坏事，坏就坏在这很可能意味着文胜于质，说得难听一点儿，也就是华而不实。

如前所述，《新唐书》的撰述原则是"事增文省"，即"其事则增于前，其文则省于旧"（宋曾公亮《进唐书表》），用比《旧唐书》减省的文字来记述比它更多的内容。想法虽好，做起来却很难。刻意追求文字减省，往往会伤害文意，特别是会损失有价值的史料。

宋人洪迈在《容斋随笔》之五笔卷二"唐史省文之失"条中，早已指出《新唐书》这一严重缺陷；而赵与时《宾退录》卷一〇更针对《新唐书》"其事则增于前，其文则省于旧"的著述原则论述说："夫为文纪事，主于辞达，繁简非所计也。《新唐书》之病，正坐此两语，前辈议之者多矣。"

不同的著述，对文笔有不同的要求。在富有学养的人眼中，对历史著述的"文采"，往往会另有一种别样的看法。除了与宋祁等人合修的《新唐书》之外，欧阳脩还自己写了一部《五代史记》，这也就是俗称的《新五代史》，文笔同样颇受喜好文辞者推崇。可是，南宋时人吕祖谦编纂《圣宋文选》，首列"欧阳永叔文"两卷，却没有选录一篇欧阳氏两史史论。与此形成鲜明对比的是，书中选录"司马君实文"三卷，却有将近两卷之多是取自《资治通鉴》等书的史论。

　　不过明季逊清以来，欧阳脩的史笔，确实备受推崇，其中尤以明人茅坤所纂《唐宋八大家文钞》对世人影响最为广泛。其载录欧阳氏文章的《庐陵文钞》之十五、十六两卷，共在《新唐书》和《新五代史》中抄录序论二十一篇，远远超出于其他七家之上。茅氏讲述他作如此选择的原因，系因"欧阳公于叙事处，往往得太史迁髓，而其所为《新唐书》及《五代史》短论，亦并有太史公风度"，又谓"宋诸贤叙事，党以欧阳公为最，何者？以其调自史迁出，一切结构，裁剪有法，而中多感慨俊逸处，予故往往心醉"，故特予青眼相看，"凡录八大家并本全集或别集、续集，及见他书者颇属搜括不遗，独欧文所见《五代史》及《唐书》者，间撮录其小论与引之首者而已，……苏子由《古史》亦仅录小论"。茅坤在《唐宋八大家文钞》书中，共编入欧文三十二卷，次于其下的韩愈和王安石只有十六卷，仅为其二分之一，而且还另附有《五代史抄》二十卷。此外，茅坤还另外选有《欧阳文忠公新唐书抄》三卷，别与《五代史抄》二十卷并行。茅氏此书问世之后，被世人推崇备至，清初人黄中，称"鹿门所选《八大家文抄》，振百代之衰矣，功不在退之下。余尝于唐宋百余家中求一人易此者而不得，又于八家文中细为寻抽，求一篇易所选者，而亦不得，然后服先辈之妥确细心如此"（清黄中《黄雪瀑集》之《茅鹿门稿题辞》）。清四库馆臣亦称茅氏这部古文选本，"一二百年以来，家弦户诵"。由于这一选本，对习练八股制艺助益颇多，士人无不幼而习之，其编选评判眼光，对社会产生十分广泛和深远的影响，直到清末曾国藩编著《古文四象》，近人高步瀛编选《唐宋文举要》，也都沿承茅氏的看法。《唐宋八大家文钞》以来这一评价取向，直接影响到一般文人对《新唐书》和《新五代史》的认知，这是我们阅读《新唐书》、《新五代史》以及明末以来直至民国时期学人的相关论述时，需要充分注意的文化背景。

若是从史书纪事清晰准确的要求来看，《新唐书》和《新五代史》的文笔，即使是那些受到茅坤等人推崇备至的名篇，也难称至善。例如《新唐书·艺文志》的小序，《唐宋八大家文钞》和曾国藩《古文四象》都选录其中，茅坤选择的理由，是其"序事中带感慨，悲吊以发议论，其机轴本史迁来"，而《古文四象》则是将其排列在"识度之属"（另外三属分别为"气势之属"、"情韵之属"和"趣味之属"），所谓"序事中带感慨，悲吊以发议论"，其精微之处，吴汝纶谓之曰："父不能喻之子，兄不能喻之弟，但以竢知者知耳"。人世间的事，太精微了，往往也意味着缥缈。吾辈驽钝学人，自难捕捉领会其神机妙趣，不过若论"识度"，总得把基本事实讲述清楚才是。

如《新唐书·艺文志序》论述四部分类缘起，乃谓"自汉以来，史官列其名氏篇第，以为六艺、九种、七略，至唐始分为四类，曰经、史、子、集"，这与《隋书·经籍志》中"魏秘书郎郑默始制《中经》，秘书监荀勖又因《中经》更著《新簿》，分为四部"的记载相比，谬误十分明显。相比之下，《旧唐书·经籍志》的序文，谓"荀勖、李充、王俭、任昉、祖暅皆达学多闻，历世整比，群分类聚，递相祖述，或为七录，或为四部"，这虽然略显含混，不够十分明晰，但却谈不上有什么差误。

更为重要的是《旧唐书·经籍志》清楚说明此志是根据开元年间毋煚依照唐廷实际藏书编纂的《古今书录》删改而成，而"天宝已后，名公各著文章，儒者多有撰述，或记礼法之沿革，或裁国史之繁略，皆张部类，其徒实繁。臣以后出之书，在开元四部之外，不欲杂其本部，今据所闻，附撰人等传。其诸公文集，亦见本传，此并不录"。盖据朝廷藏书撰著一代艺文之志，是《汉书·艺文志》定立的规矩。

　　同样的事项，我们看《新唐书·艺文志》的序文，只是非常含混地记述说："至唐始分为四类，曰经、史、子、集，而藏书之盛，莫盛于开元，其著录者五万三千九百一十五卷，而唐之学者自为之书者，又二万八千四百六十九卷。呜呼！可谓盛矣。六经之道，简严易直而天人备，故其愈久而益明。其余作者众矣，质之圣人，或离或合。然其精深闳博，各尽其术，而怪奇伟丽往往震发于其间。此所以使好奇博爱者不能忘也。然凋零磨灭，亦不可胜数。岂其华文少实，不足以行远欤？而俚言俗说，猥有存者，亦其有幸不幸者欤？今著于篇，有其名而亡其书者，十盖五六也，可不惜哉！"这十分之五六"有其名而亡其书者"究竟是哪些，根本无从考究。由于没有一个系统的实际藏书目录，那些出自纪传等处记载的书名，其中有一小部分甚至很可能根本就没有成书，只是有撰写此书的传说而已。《新唐书·艺文志》实际著录的书籍，在每一个小的类目下面，系注云"右某类若干家，若干部，若干卷，某书一下不著录若干家，若干卷"，所说"著录"者可以推知是出自开元年间一部唐人编纂的书目，但当时除了毋煚私撰的《古今书录》四十卷之外，还有毋煚先此曾参与修撰的官修《群书四部录》二百卷（由元行冲领衔奏上），欧阳修到底依据的是哪一部书目，也不容易做出十分肯定的判断。至于那些"不著录"的书籍，就更无法一一指实其材料出处了（王重民《中国目录学史》谓较多出自北宋官藏书目《崇文总目》）。可见，"呜呼"、"惜哉"之类的"虚辞咏叹"实无裨于史书的撰著（欧阳修写《五代史记》时，和他喝高了酒时写下的《醉翁亭记》句句都煞以"也"字相似，几乎开篇即鸣"呜呼"。不用说严谨的史学著述，就是文人无聊，徒以词章自嬉，似此滥用"虚辞咏叹"，也实在太过分了），还是先把孰是孰非、孰先孰后这些"实话"说清更为要紧。

其实就具体个人而言，与欧阳脩相比，行文纪事的缺陷，在宋祁负责执笔撰修的《新唐书》列传部分当中更为明显。宋祁行文用笔，过分追求雕琢文句，自矜其所撰《新唐书》列传，差可"自明一家"，传之不朽（宋祁《宋景文公笔记》卷上）。可是，正因为宋氏刻意"但做自家文字，故唐事或多遗漏，世以为不如刘昫之书为胜"（明何良俊《四友斋丛说》卷五《史》一）。对此，宋人刘器之最早评判云："《新唐书》好简略其辞，故其事多郁而不明。"（王若虚《滹南遗老集》卷二二《新唐书辨》上引宋刘器之语）金人王若虚更激烈抨击宋祁不明作史笔法说："作史与他文不同，宁失之质，不可至于华靡而无实；宁失之繁，不可至于疏略而不尽。宋子京不识文章正理而惟异之求，肆意雕镂，无所顾忌，所至字语诡僻，殆不可读，其事实则往往不明，或乖本意。自古史书之弊，未有如是之甚者。"（王若虚《滹南遗老集》卷二二《新唐书辨》上）

知悉欧阳脩和宋祁两人的学养特点，可知在《旧唐书》已有基础上修成的《新唐书》，尽管也有胜过前者的地方，但总的来说，不仅谈不上所谓"后出转精"，反而还出现种种不如人意之处，实良有以也。古代学者，也从总体上对宋祁、欧阳脩的《新唐书》与刘昫的《旧唐书》做过孰优孰劣的评判。例如，明人杨慎在对比部分内容后即做出结语道："《旧书》所载，问答具备，首尾映照，千年之下，犹如面语；《新书》所载，则剪截晦涩，事既往，文又不通，良可慨也。"（明杨慎《丹铅总录》卷一一"二唐书"条）清人顾炎武在《日知录》中乃将《新唐书》行文的缺陷概括为"简而不明"（《日知录》卷二六"新唐书"条）。清嘉庆时人彭兆荪《小谟觞馆文集》卷二之《读史偶抄序》，亦谓"李唐《新》、

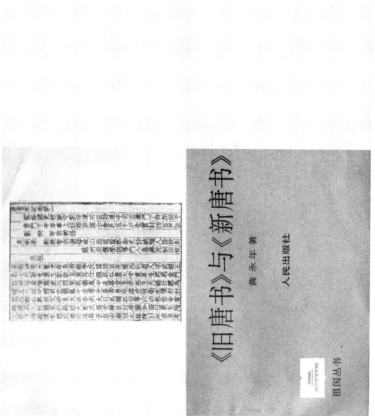

黄永年先生著《〈旧唐书〉与〈新唐书〉》封面和给德勇的赠书题记

《旧》一体，而昫终胜祁"。可见《新唐书》纪事的弊病，前人已有定论，至少这代表了很大一部分博学多识者的看法（当然，这只是从书呆子求真求实的眼光看，若论书中寄寓的道义追求，那是另外一回事儿）。附带说一下，关于旧、新两《唐书》的优劣得失，业师黄永年先生《〈旧唐书〉与〈新唐书〉》有系统论述，欲深入了解，自当取阅。

既然《旧唐书》胜于《新唐书》，那么，一般来说，在对《唐书》做笺释正误的工作时，自宜以《旧唐书》为主而参以《新唐书》，当年我随黄永年先生读书时，他就计划做这样的工作。

不过也有糊涂人，偏偏反其道而行之。清光绪时人唐景崇著《唐书注》，就是以《新唐书》为本而采录《旧唐书》、《通鉴》、《册府元龟》、《通典》等文献及清儒考订成果。唐氏之注释考订，用功殊深，但舍弃史料较原始、纪事较详密的《旧唐书》而为《新唐书》作注，撰述立意，殊为失策。

唐长孺先生之"笺正"《新唐书·兵志》，情况却比较特殊。盖《旧唐书》本无《兵志》，而且如唐先生在序文中所说，这篇《兵志》"是前无所承的一种创作"，所以只能以《新唐书》为本。昔清人沈炳震撰《唐书合钞》（也称《新旧唐书合钞》），虽然多以《新书》校补《旧书》，但对《旧书》所无的志和列传，即以《新书》补入其中。总体的原则，并不妨碍变通的处理。《新唐书》独创的这篇《兵志》既然与其全书一样存在诸多严重的缺陷，而且在较《旧书》新增加的三个志中写得最差，故与其同时参与《新唐书》撰著的编修官吕夏卿竟动手另写了四卷《兵志》，以示对欧公的不满，故自有必要对其做一番"笺正"。

话说回来，唐长孺能够在前人对《新唐书》撰著特点的一般性认识基础上，对其《兵志》的记述做出详实的"笺正"，这当然出自对唐史的深入研究。一般性的认识是一回事儿，对初学者重要，对准确切入相关问题并做出妥当的处理则是另一回事，但这些还都很表象，真正想要做出有价值的学术贡献，还要一一搜罗各种相关记载，比对研核，深入分析每一项具体问题，最后得出自己的结论，或是表明自己的看法。

对唐先生的学问，中国古代史学界几乎众口一词，无不钦服。但我听一些同行论及先生的学术，往往更多关注那些现代通行的专题研究论文，竞相揣摩其着眼落笔如何精妙，而对这种旧式笺释工作的关注，似乎远落于其后。其实不管从事哪一领域的研究，老辈学者的学术根基和源头，都正在于此。没有这个根，没有这个源，就没有满树繁花绿叶，没有浩瀚洪流。所以，若是不努力培育树根，涵养水源，只是一味模仿某些专题研究论文的路数，想要具备老辈的治学身手，恐怕终究难以做到。

以我粗略翻阅的观感而言，这本薄薄的《唐书兵志笺正》，堪称字字珠玑，只是多年不读唐史研究的文献，不敢就具体问题妄发议论，这里只泛泛谈一谈我对其中一条内容产生的感想。

《唐书·兵志》原文载述云："诸府总曰折冲府，凡天下十道，置府六百三十四，皆有名号，而关内二百六十有一。"针对这一折冲府的数目，唐长孺先生先是转述清人钱大昕辑录的九种李唐本朝人的记载，钱氏论之曰："唐人述府兵之数，言人人殊，宜乎史家莫适从也。"在此基础之上，唐长孺先生表明自己对待这一问题的态度说：

> 盖军府初无一定之成数，而其废置，又因细碎，史所不载，故无以确知其数。

唐書兵志箋正卷一

隋制十二衞曰翊衞，曰驍騎衞，曰武衞，曰屯衞，曰禦衞，曰候衞，爲左右，皆有將軍以分統諸府之兵。府有郎將、副郎將，坊主、團主以相統治。又有驃騎、車騎二府，皆有將軍，後更驃騎曰鷹揚郎將，車騎曰副郎將。別置折衝果毅。

按隋書卷二十八百官志：

（煬帝）改左右衞爲左右翊衞，左右備身爲左右騎衞，左右武衞依舊名，改領軍爲左右屯衞，加置左右禦，改左右武候爲左右候衞，是爲十二衞。通典卷二十八武官左右驍衞條：

唯驍騎衞作騎衞，餘同唐志。

煬帝即位，改左右備身府爲左右驍衞。

又作驍衞，與隋唐二志均不合。考諸書紀載叅互，並由驍與騎二字易於混淆之故。六典卷二十四左右驍衞大將軍條注云：

至隋煬帝改左右備身爲左右驍騎，尋以左右驍衞府領名豹騎，而又別置備身。

前云驍騎，後又云驍衞府，必有一誤。舊唐書四十四職官志左右驍衞條注：

古曰驍騎，隋改左右備身爲左右驍衞，所領名豹騎，國家去騎字曰驍衞府。

夫使隋已改驍衞，則是因隋之號，何云國家去騎字乎？可知前一衞字非騎字之誤則上脫一騎

《唐书兵志笺正》正文首页

看了这话，有些人可能觉得只不过说了句"不知道"，这算什么了不得的见解？单看这部《笺正》，似乎确实没什么了不起的，但要是放开眼界看一看实际的研究状况，就会发现，情况也不是那么简单。

就唐代军府本身而言，岑仲勉、谷霁光等人就做过具体的考校，实际却很难得到一个时间断限十分明确的具体数字。考校这一问题的困难，实际上是不可逾越的：这就是唐长孺先生所说，初无定数，而后来的废置增省又因过于细碎而没有一一记载。在这种情况下，只能知其仿佛而已。

对于我来说，由此引发的联想，是我曾经论述过的秦始皇三十六郡问题。所谓秦始皇三十六郡，是指始皇帝二十六年，作为开国的制度建设而"分天下以为三十六郡"事（《史记·秦始皇本纪》）。也就是说，把全国疆土划分为三十六个郡级政区，是在这一时间断面上同时划定的政区形态，这就是唐长孺先生所说，"一定之成数"，其前其后，都不会与之完全相同。这本来是很简单的事情，历朝历代无不如此，可是，古往今来，却有无数学者，都没有能够很好地把握这一点。

大致从清康熙年间起，直至现代，先后有全祖望、王国维、谭其骧等诸多饱学宿儒，一一爬梳考辨见于史籍的秦郡名目，试图拼凑出秦始皇三十六郡的全图。但这种做法完全没有考虑时间的因素，实际上是把不同时间断面上的诸多秦郡名称硬压到同一时间平面之上，在研究方法上存在致命的误区。

与这些人相比，清代位居魁首的史学考据大师钱大昕，对待这一问题，入手着眼的路径，完全不同。钱大昕以为，若是脱离系统的记载而去"纷纷补凑"零散的秦郡名称，恐怕"似是而非"。因而他另辟蹊径，试图通过《汉书·地理志》的系统记载，复原秦始皇三十六郡的本来面目（钱大昕《潜研堂文集》卷一六《秦三十六郡考》）。遗憾的是，这条路没有走通，《汉书·地理志》相关记载，出自班固的人为建构，并不符合历史的实际。

除了《汉书·地理志》之外，南朝刘宋人裴骃，在《史记集解》中也列举了一份秦始皇三十六郡的名单。过去我研究这一问题，就是试图证明这份名单切实可靠，反映了嬴秦开国的政区设置实况（拙著《秦汉政区与边界地理研究》上篇第一章《秦始皇三十六郡新考》）。

现在有些学者根据新出土简牍文献，纷纷重新考定这一问题，也对拙说加以否定。拙说是否能够成立固然需要深入讨论，我的论证也可能完全失败，但很多批评者并没有注意我的研究路径甚至研究目的，与他们存在着根本的差别。不管是传世文献，还是出土文献，都不能像这些学者那样，用这些零散的、不同时段的郡名去"纷纷补凑"成同一时间断面的秦郡全图，这是我承自钱大昕的根本原则。

假若拙说不能成立，那么，也就失去了"一定之成数"可以复原。在我看来，再做这些零散的"补凑"工作，同全祖望、王国维、谭其骧诸位前辈当年所做过的尝试，性质一样，不会有什么出路。只要看到新材料，不仅谁都能做，而且谁做出来也没有太大学术意义。因为秦郡的废置，同唐长孺先生论述的唐朝军府一样，"细碎"而又"史所不载"，一样"无以确知其数"。唐先生对待军府数目的态度，启发我更有理由确信，在这种情况下，做这样的"补凑"性研究，当然不会有很高的学术价值，终究无法"补凑"出秦始皇三十六郡的真实面目。这种研究，看起来材料很新，而在研究方法和所针对的问题上，却都是清代后期以来末流金石学家的路数。这与我的研究，根本不是同一层面的工作。

唐書兵志箋正

一四

按隋書卷二十四食貨志：

至河清三年定令[中略]（男子）率以十八受田，輸租調，二十充兵，六十免力役，六十六退

田，免租調。

北朝所謂兵，兼力役言之，非但指兵役。然隋唐之制實遠承北齊，則可以此證之。唯本條云

二十爲兵，疑有未審。六典卷五兵部云：

（衛士）皆取六品以下子孫及白丁無職役者點充，凡三年一簡點，成丁而入，六十而

免。

會要卷七十二府兵條云：

初置以成丁而入，六十出役。

則府兵取之丁年也。唐代丁年雖時有變更，要無少於二十一者。六典卷三戶部：

凡男女始生爲黃，四歲爲小，十六爲中，二十有一爲丁，六十爲老。

此爲武德之制，舊唐書卷四十八食貨志系於武德七年令，會要卷八十五團貌，系於武德六年

三月，通典卷七中條亦系於武德七年。至於其後則通典云[會要卷八十五，舊書食貨志並同]：

神龍元年韋皇后求媚於人，上表請天下百姓年二十二成丁，五十八免役，制從之。韋庶

人誅後復舊。[中略]玄宗天寶三載十二月制，自今以後百姓宜以十八以上爲中男，二十三以上

成丁。廣德元年制，百姓二十五成丁，五十五老。

成丁之年自武德以訖天寶三載，除中宗時曾有變更，均以二十一爲度，即新書食貨志雖於武

德開元之令不免混淆，而其二十一爲丁之制，則亦無異辭。夫府兵既取之丁男，則其年至少

《唐书兵志笺正》内文

信笔乱写，说了这么多前言不搭后语的胡话，现在回到新买的这本旧书上来，谈一点"少见多怪"的发现：在这本书里，所有的"玄"字，竟然都缺了末笔，也就是省去最后一点儿——这本是前清刻本为避忌康熙皇帝的名讳采取的措施，想不到清朝覆亡之后，经历了民国，而又改天换地到了如今，却还对康熙大帝恭谨如旧。

这不仅是当代出版印刷史上一件偶然的趣事，因为现代铅印书籍，字钉上的字不是随时现用现刻，而是由铸字机统一铸造而成。既然在这部《唐书兵志笺正》上看到了缺笔的"玄"字，也就意味着同一时期、同一部铸字机上造出的铅字，应该都是如此，有心人不妨查对一下看看。那么，究竟铸字机上的字模是前清传下来的，还是因一时疏忽而做错了？包括喜好收藏旧书在内的好事闲人，都可以来探究一番，这也能给旧书的收藏增添一些趣味。

真实历史，从来都是很实在的；玄之又玄的历史图像，只属于那些构建它的历史学家。从一个很"玄虚"的"玄"字上的这么一个实实在在的小"点儿"，就能够窥一斑而知全豹。这让我们清楚地看到，旧时代与新时代，会有很多具体的东西，一直在传承。

2017 年 2 月 27 日晚记

学者买书

　　很久不买古书了，但偶尔还会浏览一下古书拍卖的图录。因为只围观偷看而无力下手，实际上免费给我寄赠图录的，从来也就那么三五家公司。前几天，收到海王邨拍卖公司在 5 月 20 日举行的一次信札专场的图录——《故纸留香——书札手稿专场》。能够拿出来卖钱的信札，或是受信人，或是投书者，或是收授双方，当然会是一些"名人"。"名人"，总会受到社会较多的关注；或者更准确地说，正因为他们受到了较多的关注，才称之为"名人"。

　　不过"名人"首先是"人"，而是"人"就免不了做些人人都要做的"俗事"。信札，本来是非常实用的文字。所谓"实用"，就是用来沟通信息，相互协商"办事儿"。其中许多，难免鸡零狗碎，嘘寒问暖，甚至虚情假意，"俗"得不能再俗，怎么看都没有什么特别的价值。

　　从旁观者的眼光来看，留存于世的"名人"信札，大多不过如此，并不值得特别珍重地加以藏弄，也就是没有必要花很高的价钱去收藏它。像收藏古籍一样，有品味的收藏家，应当看重信札的内容，而不仅仅是名头。过去罗振玉编印出版《昭代经师手简》，选辑

的就是一些具有重要学术
价值的学人信函。

在海王邨拍卖公司这
次上拍的信札中，有一通，
吸引了我的注意，就是夏
鼐先生写给王重民先生的
一封信。

写信人夏鼐先生，后
来成为中国著名考古学家；
收信人王重民先生，后来
成为中国著名版本目录学
家。在今天看来，当然都
是各自领域内的"名人"。

1939 年 9 月夏鼐先生在伦敦大学毕业之时

当时，夏鼐先生身在英国的伦敦大学留学，王重民先生则供职于
北平图书馆。在此之前，王重民先生先行致书于夏鼐先生，委托
其出面打探伦敦书商 Lady Brownrigg 为人代售的一册《永乐大典》。
需要说明的是，这是北平图书馆的公事。海王邨公司拍卖的这通
信札，是夏鼐先生写给王重民先生的回信，复告相关情况。

透过这通信札，首先可以看到《永乐大典》在当时国际市场
上的价格。卖主起初开价 100 英镑。但这不是普通《永乐大典》
的价格，而是因为这一册上带有乾隆皇帝御笔题写的七言律诗而
大幅度增高了身价。经过夏鼐先生一番杀价，估计已大体回落至
普通《大典》的价位，卖家愿以 50 英镑出售，夏鼐先生才向王重
民先生报告相关情况，请其定夺（从夏鼐先生的态度来看，50 英
镑这个要价，大概比较符合当时的行情）。

今天，从文物角度来看，随便不管哪一册《永乐大典》，都

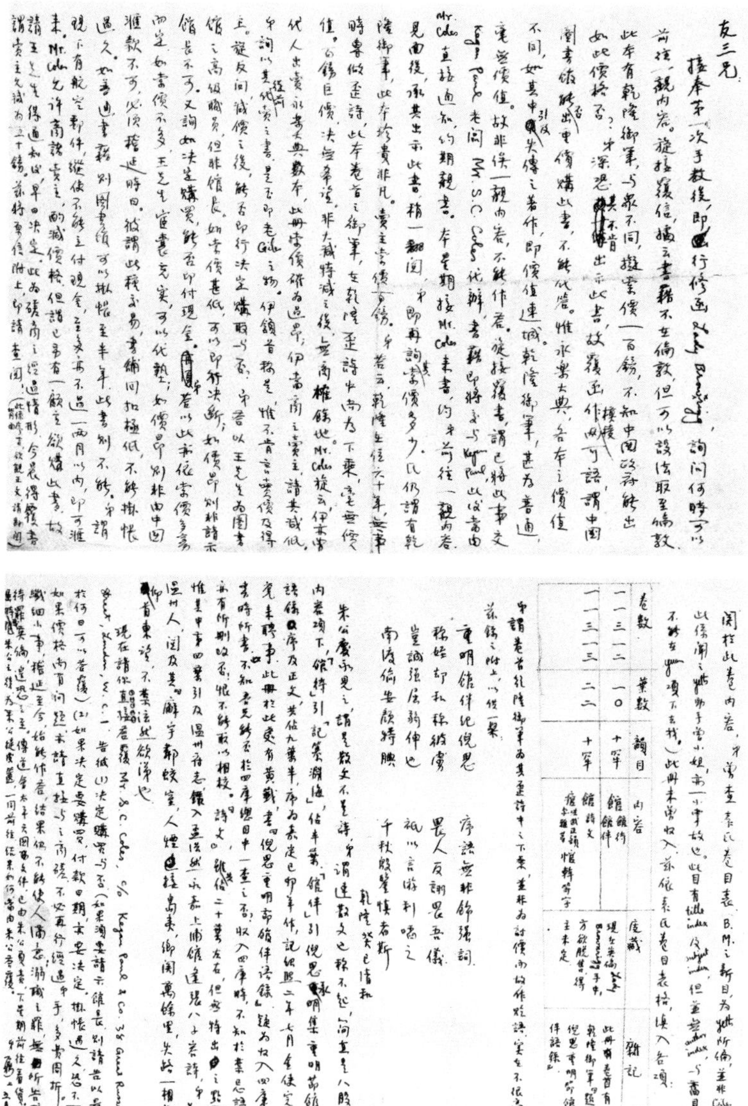

夏鼐致王重民先生书

堪称古书中的重宝。在我看来，价格总应该在圆明园流失的牛头鼠脑之上。但当时好书实在很多，正在学习考古学的夏鼐先生，看《永乐大典》，丝毫没有文物的眼光。他只是在看一本书，看它的内容是不是具有、以及具有多大的独特价值。

面对书商开出的100英镑高价，夏鼐先生当即告以"《永乐大典》各本之价值不同，如其中引及失传之著作，即价值连城"，这完全是从史料的独特性着眼。

这册《永乐大典》为卷11312—11313两卷，合计32页，含"十罕"韵下"馆"、"痯"、"悹"、"斡"等字。其中卷11312为"馆"字下的"馆待"、"馆伴"两个子目，计10页；卷11313为"馆"字下之"诗文"和"痯"、"悹"、"斡"等字的内容，计22页。

具体审视书中内容，夏鼐先生告王重民先生云：

> 内容项下，"馆待"引《记纂渊海》，占半叶。"馆伴"引倪思《承明集·重明节馆伴语录》序及正文，共占九叶半。序为嘉定己卯年作，记绍熙二年七月金使完颜裒来聘事。此册于此处有黄签，书"倪思重明节馆伴语录"，疑为收入《四库全书》时所书，不知吾兄能否于《四库总目》中一查之否？收入《四库》时不知于禁忌语亦有所删改否？恨不能取以相校。诗文共占二十叶，但无特出之点。

这里所说"诗文共占二十叶"，应当是指卷11313"馆"字下"诗文"的篇幅。如前所述，这一卷总共有22页，那么，除去这20页以后，剩下的"痯"、"悹"、"斡"等字，加在一起只剩下两页，除了依例对文字本身的释诂之外，显然不会再有多少其他的内容。

大致看来，除了卷11312"馆伴"项下引录的宋人倪思《重明节馆伴语录》之外，夏鼐先生初步察看的意见，是无甚史料价值。不过倪思《重明节馆伴语录》是不是如书上签条所显示的那样已经收入《四库全书》，由于手头不便，夏鼐还没有顾上查对。在这里夏鼐还特别提醒王重民先生，若是已经收入《四库全书》，还要注意《四库全书》本对清室所谓"禁忌语"是否已经加以删改。意思很清楚，即《四库》本若对《大典》原文有所删改，那么，这册《永乐大典》中的相关内容，仍会有些独特的文献价值。两眼紧盯的，一直是文字内容的独特性。这就是读书人的视角。

在判断这册《永乐大典》的价值时，夏鼐先生对乾隆皇帝亲笔书写御制诗的看法，尤其体现出与所谓"古董家"的明显区别。

这首诗，是写在这册《永乐大典》的卷首，句曰：

> 重明馆伴纪倪思，序语无非饰强词。
> 称侄却私称彼虏，畏人反诩畏吾仪。
> 岂诚强屈弱申也，只以言游利啖之。
> 南渡偷安颜特腆，千秋殷鉴慎者斯。
>
> 乾隆癸巳清和

时人有朱庆永者，亦尝见及此诗，评述说它"是散文不是诗"，而夏鼐先生更贬斥云"连散文也称不起，简直是八股文"。更准确地说，这更像是清人场屋中拼凑的"试帖诗"。而所谓"试帖诗"，正是以八股文的写法来写诗。一般说来，这样的东西当然丝毫没有文学的意蕴。

然而，书商却是按照市面上那些普通"藏家"的标准来看待乾隆皇帝这首歪诗的价值，以为"此本有乾隆御笔，与众不同"，既然奇货可居，便在未尝出示此书的情况下，就狮子大开口，报出了 100 英镑的高价。夏鼐先生则当即告以"乾隆御笔，甚为普通，毫无价值"。逮见到原书，卖家"仍谓有乾隆御笔，此本珍贵非凡"。于是，夏鼐先生重申前说，进一步解释道："乾隆在位六十年，无事时专做歪诗。此本卷首之御笔，在乾隆歪诗中尚为下乘，毫无价值。百镑巨价，决无希望。非大减特减之后，无商榷余地。"他向王重民先生解释说，对书商讲这些话，"并非为讨价而故作贬语"，而是弘历此诗"实在不很高明"。就是说，这是夏鼐先生对乾隆帝这首歪诗的真心评价。此无他，学者的眼光、学术的尺度使然。

对比时下中国古籍的市场，可以看到，但凡是与"皇帝"沾上点边的古刻旧本，什么"御制"、"御玺"，"殿版"、"宫装"，无不被藏家竞相争购，以致价格腾升，直上云霄。要问卖家为什么花那么大的钱来买这些东西，答案很简单，就两个字儿，"皇气"。至于买家为什么要让自己的豪宅充溢这种"皇气"，自非读书人所易理解，只是模模糊糊地感觉到所谓"皇气"和这些人的"土豪"之气颇有相似的味道。想想"臭味相投"那句成语，好像也能参透几分。

那么，这册《永乐大典》到底是买了还是没买呢？听夏鼐先生这么一说，王重民先生就没买。因为四库馆臣已经如夏鼐先生所推测的那样，将倪思的《重明节馆伴语录》抄入《四库全书》。这册《永乐大典》，现藏英国伦敦大学东方语言学校（书，收藏在哪个国家并不重要，重要的是收藏者能否妥善保管并为学者阅览提供方便）。国家买书的钱，被夏鼐和王重民这两位先生给省下了，可他们商量买书的这通信札，却在拍卖场上卖了个不错的价钱——26450 元。这只是举牌的成交价，要想拿走东西，至少还要另交 15% 的佣金，这是规矩。

最后附带说明一下，乾隆皇帝题写的这首诗，虽然丝毫没有什么诗意，但对研究相关问题，却多少有些作用。盖观《四库提要》评价倪思《重明节馆伴语录》云："时金强宋弱，方承事不遑，而序谓北人事朝廷方谨，遣使以重厚为先，已为粉饰。其他虚夸浮诞，不一而足。上下相欺，苟掩耳目，亦可谓言之不怍矣。"对比乾隆的诗句，可知实乃秉承圣意而定。这是这册《永乐大典》附加的一项特殊史料价值（附案：弘历此诗后被编入《国朝宫史续编》卷七八），它可以非常直观地告诉我们，《四库提要》中有一部分内容，是直接出自乾隆皇帝的旨意。

不过，在另一方面，乾隆皇帝和四库馆臣的说法，在很大程度上恐怕也是实情。现在，我们还常能听到、看到与倪思《语录》相类似的言语和文句，小朋友们把这些"上下相欺，苟掩耳目"不知是谁糊弄谁的"球话"，称之为"意淫"。

$\qquad$ 2017 年 5 月 21 日记于南京旅次

$\qquad$ 2017 年 5 月 23 日晚改定

又见《仪礼图》

今天接到的一件快递包裹，方方正正，手一掂就知道是本书。书呆子，一辈子做的就是赔本的行当，从来没赚过，而且生值斯世，甚至从没妄想通过傻读书能赢得个什么"名头"，所以根本不会像生意人一样在意"书"、"输"同音，在一些特别的日子口上会不会让自己触着霉头。看到书进家门，一向都很欢喜；要是突然得到一部很久以来一直想要的书，那就犹如喜从天降，真的是"快何如之"！

我拿到手上的，就是这样一部书——清朝学者张惠言（字皋文，或书作"皋闻"）的《仪礼图》。就是这部书的嘉庆原刻本，很多年前，我曾因囊中羞涩而与其失之交臂。这实在是一部难得的好书。不光是我觉得有些遗憾，老师黄永年先生，好友杨成凯先生，也都为我感到惋惜。

谈到《仪礼》，印象最深的，是清朝中期以后一代学术巨擘陈澧在《东塾读书记》的《仪礼》部分开篇讲的第一句话——"《仪礼》难读"。真是越有学问，话说得越坦白。读起来费力气，就说累得慌。其实不光是《仪礼》，所有经书，认真读起来，恐怕都是个力气活儿，

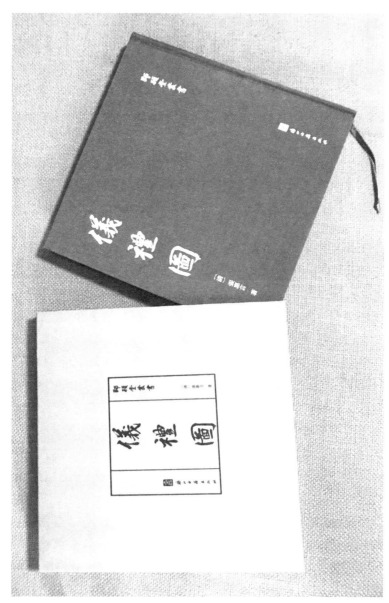

师顾堂影印本张惠言《仪礼图》的开本和外形

就像传统的装卸工（我家乡人俗称"扛大个儿的"），是骡子是马，一搭手，一上肩，就现出真形，是没法装样子的。

《孝经》，在儒家《十三经》中大概是最浅显的一篇了，可我当年在西安读书时，仰望碑林博物馆的"石台《孝经》"，觉得已是危乎高哉，戛戛乎难矣哉！以至不敢去看那几面墙的《开成石经》。读研究生没几天，就很清楚，自己绝没有能力研治任何经学问题，更不用说去触碰这部以"难读"著称的《仪礼》了（不过时下所谓"经学"勃兴，大有当年居委会大妈学《毛选》情绪来了还跃动小脚跳跳忠字舞的架势，读法当然与前清的陈澧大不相同。因为时光并没能重回大清，只不过倒错到1919年5月4日以前而已）。

虽说治经无能，但治史亦不能对经书避而不用。盖治史贵纷如，连所谓"淫词小说"都不能放过，更不用说像《仪礼》这样的神圣经典了。读《仪礼》是难，可难有难的读法。书越是难读，读书人越是要寻觅、归纳破解难题的办法，况且这是经书，传统的读书人，和我一样，也是没有能力读也得硬着头皮拱。陈澧具体讲述历代学者破解这一难题的办法说："昔人读之之法，略有数端：一曰分节，二曰绘图，三曰释例。"

这几种解读方法，其实都源远流长。汉代的章句之学，核心就是断句分节，而《仪礼》本身自有讲述其"书法"的凡例。他人释此例者，首见于《礼记》，故陈澧称"《仪礼》有凡例，作《记》者已发之矣"。与"分节"和"释例"这两种方法一样，"绘图"一法，也很早就被使用。盖《仪礼》讲述到宫室居处和进退揖让等事的场景以及种种礼仪的方位关系，若非图示，实难以明之。故陈澧推测，当东汉的郑玄和唐朝的贾公彦辈为《仪礼》做注、疏的时候，"皆必先绘图"。但这只是他们工作过程中依赖的手段，并没有把这种解经之图作为著述，使之单独流传下来。

在流行至今的传世著作中，最早的这类图示《仪礼》内容的著述，应数南宋时人杨复的《仪礼图》（或称《仪礼图解》），同时也最为著名。然而杨图皆本《仪礼注疏》而绘制，四库馆臣谓之曰"依经绘象，约举大端"，性质仅仅是简单的图示而已，且"殊未能条理分明"，并没有深入的研究。之所以会出现这样的情况，盖如四库馆臣在评价宋人唐仲友的《帝王经世图谱》一书时所说："考证之学，议论易而图谱难。图谱之学，阴阳奇偶，推无形之理易；名物制度，考有据之典难。"要想精准图绘《仪礼》记述的各项"名物制度"，辨析清楚经文的语句，并不是一件轻而易举的事情。不然的话，陈澧也就不会有"《仪礼》难读"之叹了。

与杨复的旧作相比，张惠言这部《仪礼图》，是乾嘉学术的产物，新的时代风气，崇尚破除旧说，重新做出精深的考证，张氏又是邃于礼学，为之用力尤深。关于这部书以及我曾失之交臂的好版本，清末学者叶德辉在《郎园读书志》中做过很好的说明：

> 张皋闻先生一生精于《易》、《礼》。今所传者，《茗柯集》中《易经》诸义，不知其于"三礼"惟《仪礼》致力尤深。所撰《仪礼图》六卷，先生殁后，阮文达从其女夫董士锡得其稿刊行，时嘉庆十年也。至道光初，阮刻《皇清经解》，先生《易》义各书，十采八九，独遗此未入。由于版式宽大，图说或从或横，恐重刻紊其原式也。

> 然原版至为难得。同治初，湖北官书局重刻，将版式缩小，易以楷书，颇有讹误。光绪甲申，王益吾祭酒先谦督学江苏，刻《皇清经解续编》，所据即湖北刻本，并未纠正。

余尝以张引原书校勘于湖北本上，日久为门下取去，又无暇暑精力再校一过。而访求阮刻原本，三十年未一见。尝阅南皮张文襄《书目答问》，于此书下注："阮刻单行本。湖北缩刻本。"而不详载刻书年月，似亦未见原刻者。则此刻本之希见，固可知矣。

余喜国朝以来诸儒经义之书，于《经解》正、续两编外，多搜得单行原刻本及诸家全集原书，惟金榜《礼笺》及此书未得原刻。物色久之，前年始终获《礼笺》原刻初印，今又获此，可谓从心所欲矣。

藏书家习尚，无不侈言宋元、旧钞，不知康雍乾嘉累叶承平，民物丰阜，士大夫优游岁月，其著书甚勇，其刻书至精，不独奴视朱明，直可上追天水。当时精刻精印，一时流播士林，迄今百余年，承洪杨兵劫之摧残，又为鸡林贾人之转售，海内图籍，势将荡然靡存。如此佳刻，安得不什袭藏之？

书此以告后人，幸勿薄今爱古，以为其书可易获也。壬子夏六月二十一日叶德辉题记。

在更通行的《书林清话》里，叶德辉列有"《经解》单行本之不易得"条，其中也述及张氏《仪礼图》难得一遇的情况，同时也重又谈到了学者藏书与所谓"藏书家"不同的着眼点：

藏书大非易事，往往有近时人所刻书，或僻在远方书坊，无从购买；或其板为子孙保守，罕见印行。吾尝欲遍购前、续两《经解》中之单行书，远如新安江永之经学各种，近如遵义郑珍所著遗书，求之二十余年，至今尚有缺者。郑书板在贵州，光绪间一托同年友杜翘生太史本崇主考贵州之便，求之不得。后常熟庞劬庵中丞鸿书由湘移抚贵州，托其访求，亦不可得。两君儒雅好文，又深知吾有书癖者，而求之之难如此。然则藏书诚累心事矣。他人动侈言宋元刻本，吾不为欺人之语也。可知藏书一道纵财力雄富，非一骤可以成功。往者觅张惠言《仪礼图》、王鸣盛《周礼田赋说》、金榜《礼笺》等书，久而始获之。其难遇如此。每笑藏书家尊尚宋元，卑视明刻，殊不知百年以内之善本亦寥落如景星，皕宋千元，断非人人所敢居矣。

深入研究中国古代历史的人，都懂得钱大昕所说"经史当得善本"这句话是什么意思。叶氏是一代版本名宿，竟以"寥落如晨星"来形容此书此本之稀少难求。看了这些话，也就很容易理解我因未能收得此书而一直耿耿于怀的原因了。

古书的价格，一天比一天"好"。不用说这种连叶德辉当年都久觅难遇的嘉庆阮元初刻本，就连他很是不以为然的同治官书局（亦即崇文书局）重刻本，现在也不是轻而易举就可以入手的了。当年幸遇此书却为有力者所得时，杨成凯兄在旁连声感叹说："小辛，你做学问，该买下它的！该买下它的！"兄长老杨不幸辞世已经有年，可这一场景，在我眼前一直都很清晰。

要想再买一部这种原刻佳本，时机、能力，都已绝无可能，可今天拿到手里的张氏《仪礼图》，就是以此原刻精心影印。这是"师顾堂丛书"中又一个新的品种，精雅一如以往，对于利用其书从事研究来说，已与原本没有什么实质性差别，而且师顾堂这次印行的《仪礼图》已有了"国家"恩准的正式出版单位——浙江古籍出版社，除了可以嘉惠更多学人之外，出书、印书乃至我等看书的读者，都不必再担忧三更半夜被"扫黄办"查抄没收了。

　　有了师顾堂主人这么懂行而又热衷传播古籍精品的学人，使多年夙愿，今得以偿，余又幸何如之！

　　　　　　　　　　　2016 年 10 月 28 日记

写在师顾堂本《仪礼图》书边的话

收到师顾堂主人影印的张惠言著《仪礼图》，快一个月了。因重视其书对研究古代文化至关重要而原本难得一见，复爱此印本精雅宜人，不禁反复摩挲观赏。情之所至，兴之所向，又想写几句展读观赏的感觉和体会。

师顾堂影印本张惠言《仪礼图》原书内封面

这个本子的《仪礼图》，让我爱不释手的，首先是其印制之精美雅洁。近若干年来，中国各官方出版单位影印古籍，质量往往难惬人意。物美价廉，学人得以备置案头使用的复制古本，印制最好的一种，是福建人民出版社出版的《宋元闽刻精华》。另外，人民文学出版社

118

也以较有良心的价格印行了一些好书，如傅增湘旧藏宋本《乐府诗集》和郑文焯批校汲古阁初刻《梦窗词》等（不过该社采用与上述《乐府诗集》同一装印形式印行的明小宛堂覆宋本《玉台新咏》，却割去原本的书口而另行添置新描的边框，虽是重印文学古籍刊行社旧版，但对此不加任何说明，也实在很不得体）。

人民文学出版社另外还延请乔秀岩先生精心筹划，先后印行了日本足利学校藏宋明州本六臣注《文选》和宋刊单疏本《毛诗正义》等。乔秀岩先生策划出版的这批书籍，选书选版本等事虽做得尽善尽美，但由于是交付官商出书，没来由的附加成本过高，为照顾大多数念书的读者，特别是用功问学的青年学子能够人手一册，随时检读，不得不拼版缩印。这样一来：一者版面缩制过小，稍有近视或是老花，阅读就颇感困难；二者不能不影响读者领略原本的字体、版式等版刻特征。这应该说也是一点令人惋惜的缺憾。

尽管有这样一些好书，总的来说，对于这块发明了雕版印刷术并在历史上印制过无数精美书籍的国土来说，诸多堂堂皇皇的官书局，实在有些乏善可陈（若不论价格高低，当然还有更多一些精美的印本，但普通学人已经不敢问津）。

在这样的背景下，师顾堂主人沈楠，以一业余学人的身份，不惜心力，花费大量时间，给读书人制作了一批质量上佳的影印古籍。在这当中，包括清嘉庆年间印行的张敦仁刻本《仪礼疏》、南宋蜀刻本《论语注疏》、清乾隆戊申面水层轩原刻初印本邵晋涵著《尔雅正义》、南宋宁宗时刊刻的监本《广韵》等，总名颜曰"师顾堂丛书"。对这套丛书，沈楠先生从书籍的学术价值，到印本的完善和稀见程度，再到影印本的开本版式、纸张墨色、装帧装潢乃至书脊的形制和书衣书函等各项要素，无一不是精心斟酌，反复择选，处处矜慎不苟。再说每部书籍，还都与学有素

論語序

陸德明音義曰此是何晏
集解之序今亦隨本音之

敘曰漢中壘校尉劉向　言魯論語

二十篇皆孔子弟子記諸善言也大子大傳夏

侯勝　齊論語二十

賢　及子玄成等傳之前將軍蕭望之丞相韋

二篇其二十篇中章句頗多於魯論　琅邪

王卿　又膠東庸生　昌

邑中尉王吉皆以教授故有魯論有齊論共

王時嘗欲以孔子宅為宮壞得古文論語齊

福建人民出版社影印宋闽刻本《论语》

120

郑文焯批校**汲古閣初刻夢窗詞**

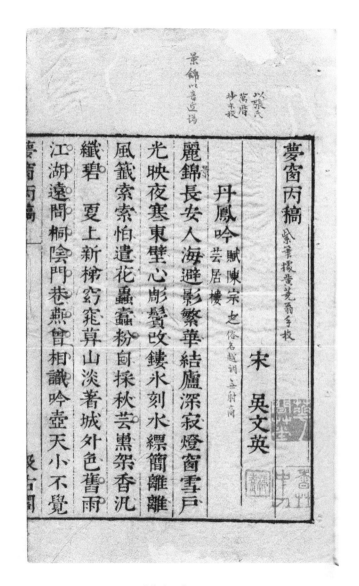

人民文学出版社影印明汲古阁初刻《梦窗词》

論語註疏卷第一

學而第一　何晏集解　邢昺疏

（疏）正義曰自此至堯曰凡論語二十篇之名及第次也當
弟子論撰之時以論語為此書之大名學而以下為當篇
之小目其篇中所載各記舊聞意及則言不為義例或亦以類
相從此篇論君子孝悌仁人忠信道國之法主友之規聞政在
平行德由禮貴於用和皆敦以好學能自切磋而樂道皆
人行之大者故為諸篇之先既以學為章首遂以名篇言人必
須學也為政以下諸篇所次先儒不無意焉當篇各言其
指此不煩說第一數之始也此篇於次言一也

子曰學而時習之不亦說乎（釋）說音悅稱尺
學者以時誦習之誦習以
時學無廢業所以為說懌

馬曰子者男子之通
時學　　　子也王曰時　朋自遠

論語注疏卷一　葉石　學而

一二

"师顾堂丛书"影印宋蜀刻本《论语注疏》

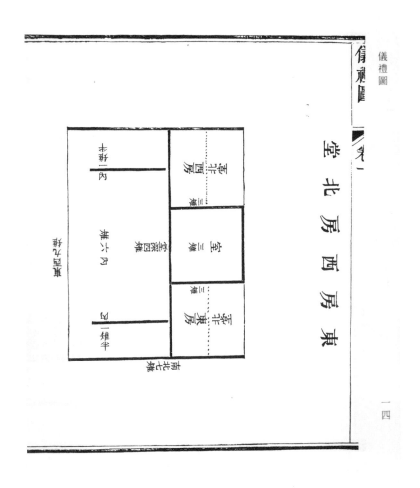

师顾堂影印本张惠言《仪礼图》内文

养的专家合作，写出了深入具体、水平甚高的出版说明，给读者
提供了实实在在的帮助。

试看当今由官方出版社出版的一些古籍（其中也不乏以"国家"
的名义动用民脂民膏资助的所谓"项目"形成的成果），其出版
前言往往是长篇大论，喋喋不休，看得人目眩头晕，到头来却找
不到一句有用的话，告诉读者这部书包括版本依据、版本特点在
内的基本信息，通篇全是空话、梦话、废话、屁话。当然，要是
仅仅因为无学而瞎扯这些不着调的话来敷衍，也还算是仁义道德
了，更要命的是不惜冒险犯难，放开胆来写出满纸胡话、谎话、错话、
误导初学后生，实在贻害匪浅。两相对比，真是高下立见。

总之，师顾堂主人出版这批书籍，完美地实现了印制精良与
造价适宜的平衡，成为普通学人买得起而看起来又喜欢不够，既
对治学有重大帮助而又值得珍重藏弄的美本。以一业余学人之身
而兢兢业业至此，其精神，其业绩，都不能不让人由衷赞赏。

与"师顾堂丛书"中过去已经印行的这些典籍相比，最近刚
刚面世的《仪礼图》，制作愈加考究。

首先，即使不考虑国纸线装与洋纸精装的重大差别，把这两
类在形制上差别重大的影印古籍放到同一个平面上加以比较，其
总体印制质量，也高出于所谓"中华再造善本"。具体地说，其
开本制作的形式，优点尤为明显。

用宣纸影印的"中华再造善本"丛书，线装盛以蓝布面函套，
每部书的开本大小，都整齐如一。远远看上去，堂堂皇皇，煞是气派。
像我，买得多了，书架上没地方放，在书房中间像堆土坯一样码
起一道墙，就更显壮观。方方正正的，还很像丘八的队列。要是
你出身行伍，脱身戎旅始舞弄笔墨，再在最上面放几部诸如《三略》、
《六韬》、《司马法》、《李卫公问对》以及真、假孙子的《兵法》

之类武经宝典，一走进书房，说不定眼前还会浮现千军万马受检阅的情景。

但既然是打着"再造"古籍善本的旗号操持斯事，就应该首先考虑尽可能再现它的本来面目。假如不考虑成本，最理想的选择，是原大开本，原装帧形式，以及尽可能接近原书的纸、墨，尽可能清晰如故的精良印刷。其中纸墨近古仿古最难，特别是大批量印制，只能尽力而为。对于通行的大众读本来说，由于纸张成本上升较多，保持原开本大小，通常也难以做到，但对于这套标榜要"再造"我大中华善本而且有国库巨额资金投入的丛书来说，实际也是很容易的事情。

然而，不知真的是自幼就站惯了大兵的队列，还是"统一"、"保持一致"之类的教育深入骨髓，从而不知不觉地形成了下意识的动作。除了极个别卷子本以外，主事者竟把整套丛书都印成了同样大小的规格。把大的缩印成小的，还可以为其找到合理的解释——这样做节省成本，但把巴掌大小的巾箱小本也放大到胳膊肘长的幅度，这又做何解释呢？

开本大小，是一部古籍十分重要也最为突出的外在形式。按照正常的理智，复制的时候，缩，是差钱儿，不得已而为之；放，则纯属胡作非为，对读者通过影印本认识古籍的面貌乃至了解书籍的性质，都造成很恶劣的影响。

在版刻形态方面，试想一下，要是把肌肤细密平滑的东方帅男靓女，放大它个三倍五倍，再来近密地端详其浑身上下那一片毛孔，那会是何等煞风景？把巾箱小册展放成普通大本，就是这样的效果。——笔道粗糙，形体松垮，已经完全看不到原书的神气。由此延伸你的想象，即可知这种影印本已完全改变了原书的版刻特征。

这种胡作非为造成的恶劣影响，不仅限于书籍的外在形式。因为版刻形式往往不能脱离书籍的内容和刊刻意图而独立存在，二者之间有着很密切的内在关联。一般来说，巾箱本的刊刻，不外乎如下四种原因：（1）刻书资金有限，无力印成普通开本。（2）书籍的内容决定刻本要便于随时前后翻检，或亦需要方便携带外出。（3）便于应试学子夹带作弊。（4）极个别刻书者爱其小巧精致，刻意制作成这种开本，以供把玩。不管是其中哪一种情况，都可以透过其开本形式，了解书籍背后的一些具体情况。你毫无来由地改变了它，也就使读者丧失了直观判读这些信息的机会。

我这样说并不排斥在原本形式大体相近的情况下，尽可能把一套书印制成统一的开本，这也便于读者存放。"师顾堂丛书"中先印的《仪礼疏》、《论语注疏》各书，就都是统一印作传统的小 32 开精装本，很规整，很雅致，也很得当。

但这部《仪礼图》的版刻形式非常特殊，过去翻刻时就曾因开本的形式而造成过很大差误。此即同治九年湖北崇文书局重刻的新本，叶德辉尝指斥其"颇有讹误"（《郋园读书志》卷一），今师顾堂影印嘉庆原刻，卷首列有蒋鹏翔先生撰写的《影印说明》。这篇《说明》谓经——比勘，实际二本之间，"异文寥寥"，而崇文

"师顾堂丛书"影印南宋监本《广韵》的开本和外形

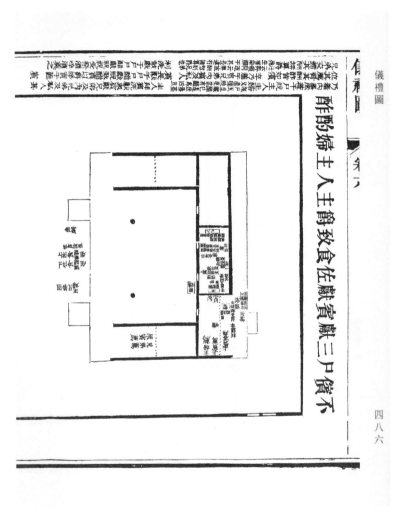

师顾堂影印本张惠言《仪礼图》内文

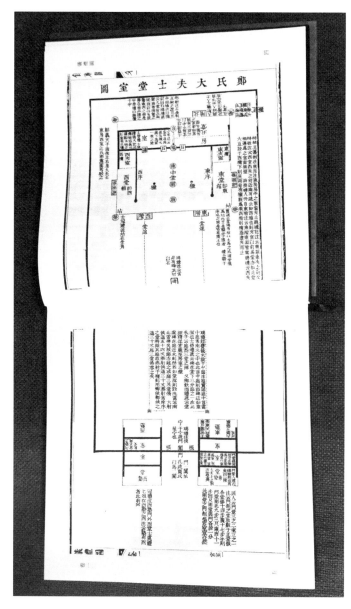

师颐堂影印本张惠言《仪礼图》内文

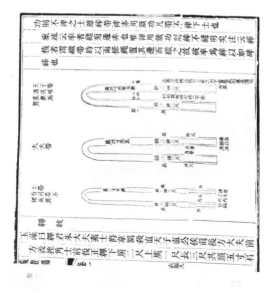

师顾堂影印本《仪礼图》内文

书局重刻本由于"版式缩小，开本形状亦由正方变为长方，故书中各图比例、线条位置均与嘉庆本显然有别"，若是再"论各图中粗线细线之长短设置，同治本实远逊于嘉庆本之精确，绘图细节如间断、枨闑之安插亦有出入"，故蒋先生断定"叶氏'颇有讹误'之议，盖就图形而发，非指其文字也"。

既然存在这样的特殊情况，沈楠先生便打破常规，把这部《仪礼图》印成了不同于以往的方形大本，与原书版框相比，实际仅缩小 1 厘米多，可以说基本上保持了原书的规格。看起来似乎是很普通的技术处理问题，却体现出对读者的关心和体贴，对图书质量的高规格要求。沈楠先生是想尽最大可能，给那些与他同样爱读书，也讲究读好版本的向学之人提供最满意的印本，而像"中华再造善本"那样由官方出版社出版的官样书籍，其出书宗旨当然不会与此相同。

除了开本当大则大，不像诸如"中华再造善本"丛书之类的官样书强求"统一"之外，这部《仪礼图》还有很多让人喜爱的优点。譬如精细的蓝色布面，绵密，柔和，捧在手上，有一种很强的亲和感，无形中拉近了读者和书籍的距离，也就犹如贴近了作者。

当然，即便是从形式上谈书的好坏，也不能只摸书衣，还要看书籍的内文。这部《仪礼图》好就好在内文处理得更好。这主要是好在精心选择的纸张，其温厚的手感、亮洁的光感、乳白的色感，无一不恰到好处。以这样适宜的纸张，再配上明晰的墨色，使得文字鲜明，版面清楚异常，读起来实在赏心悦目。看官方出版，很久没有看到这样让人爱不释手的书籍了。

看到书籍制作如此精美，很多人一定以为价格会很昂贵。最令人高兴的是，师顾堂的书，不仅印得好，而且不是为赚钱印的，沈楠先生是为了那些和他一样好学爱书的人才倾情印制的。似乎是只求成本以利后续，所以，将近五百页的布面精装册大本，定价只有 190 元，允称物美价廉。若是单纯由体制内的出版单位来印制同样的书籍，定价加倍翻番，就算得上是宅心仁厚了。

由于纸白墨精，字迹清晰异常，展玩间欣赏其版刻字体，使我对嘉庆原刻本的刻书地点，又有所揣摩。

我进入历史学研究领域的入门专业，是历史地理学，而古书的刊刻地点，既是历史时期产业地理的内容，也是历史文化地理的重要构成部分。另一方面，单纯就古代印刷史的研究和古代版刻的研究来说，刻书地点，也是一项基本要素。因此，翻看间琢磨一下这是什么地方工匠操刀干的活儿，也算是件正儿八经的事。

就特定区域的版刻特征而言，它首先是对区域内各具体地点版面情况进行归纳的结果，而掌握了一个区域的版刻特征之后，反过来就可以依据其独特之处，来推断那些缺乏刻书地点标识的刻本是在哪里上梓成书的。

在这方面，有些刻本，情况比较复杂，不易简单认明其所属地域。例如，现代中国开拓版本学研究的王国维先生，曾因当时对元代版刻的地域特征还缺乏足够清晰的认识，在《两浙古刊本考》这篇文章里面，述及建阳书坊所印《古今杂剧》中的《古杭新刊的本关大王单刀会》等书时，看到坊贾在书名上标榜的"古杭"二字，便错误认定这些印本刊刻于杭州的书坊，而且这一误判还被他的学生赵万里先生等人所承袭（见《中国版刻图录》）。直到业师黄永年先生撰著《古籍版本学》，始明察其版式与字体的风格，摆脱"古杭"云云的招摇迷惑，改而判定《古杭新刊的本关大王单刀会》等书只能是福建建阳书坊的刻本。

黄永年先生利用版刻地域特征判别古籍刻书地点的另一个典

型例证,是在西安市文管会存放的一叠散乱残页中,发现了一个《新编红白蜘蛛小说》的残页。先生察看其字体和版式风格,"一看便知是元代建阳书坊所刊刻",借此"使人们第一次见到了元刻'小说'话本的真面目"(《文史探微·记元刻〈新编红白蜘蛛小说〉残页》)。在这一研究中,永年师利用版刻地域特征,轻松解决了中国俗文学史上一个重大问题。可见总结并判断古籍的版刻地域,有时会给很多研究提供意想不到的帮助。

在王国维、赵万里、宿白以至业师黄永年等各位先生的相继努力之下,宋元古本的版刻地域特征,总结得已经比较充分。可是明清以来的刻本、特别是年代最为晚近的清代刻书,由于各项版刻要素的地域差别已经不像宋元时期那样明显,还有待我辈逐一审辨,做出具体的归纳划分。

前些年,我在翻检自己有限的清代刻本时,尝试效法前辈,对此稍做努力,在清代中期的方体字刻本中,初步归纳出苏式、浙式、粤式和京式四种主要形式(《祭獭食跖·简论清代中期刻本中"方体字"的地域差异》)。尽管还很粗疏,而且十分局限,但希望日后能有机会进一步推广完善。

嘉庆原刻本《仪礼图》没有记明刻书地点。因此,只能通过字体特征并结合其他相关事项来间接推断。按照我的看法,不难判别的是,这部书的字体,属于典型的"浙式"方体字。其实这正是清中期各个类型的方体字中我最喜爱的一种字形。因喜爱殊深,故展读此师顾堂影印本《仪礼图》,开卷即有先师那种"一看便知"的感觉。

在鉴定古物时,所谓"观风望气",很多人不以为然,但这是熟知其各项典型特征之后产生的直观感觉,而拆开各项判别的要素,分头一一细说,太费劲了,是只可以与知者道而未可与不知者言的事情。况且如余所论清代中期各类型方体字之间的差别相当细微，已经难以像宋元旧本那样用文字清晰描摹，区分彼此，看起来就更像只是一种出自直觉的判断，而那些对此道完全隔膜的人也就更不易理解了。

其实对于我们每个人来说，即使不分白天黑夜忙活一辈子，懂的东西也还是很少很少，不懂的比懂的要多得太多。不懂没有关系，一点儿也不丢人。要是感兴趣的话，还可以慢慢学。不然，随便看一眼就算了，没必要看不懂就把脚跳得老高，急急忙忙穿上个不用付费的马甲，蹿到门外骂街耍流氓。

从字体上看，我判断嘉庆原刻本《仪礼图》属于敝人所说"浙式"一路，那还有没有什么旁证来进一步认证这一点呢？张惠言是江苏常州武进人，与浙江没有什么直接的关联，但热心帮助张惠言梓行此书遗稿的人，是阮元。阮元虽然是江苏扬州人，然而检视阮氏弟子张鉴等撰《雷塘庵主弟子记》（今中华书局本径行易名作《阮元年谱》），可知嘉庆四年十月，阮氏始奉旨署理浙江巡抚事务，三个月后，即于翌年正月被朝廷实授浙江巡抚。从此时起直至嘉庆十年闰六月，方因丁父忧离开这一职位。阮元为这部《仪礼图》写的序文，署作"嘉庆十年五月二日"，此时仍在浙江巡抚任上。故此书即应是阮元达公利用居官之便，安排在杭州付梓，序文中所说"于武进董君处见其手录本，……因属董君校写，刻之于板"，已经依稀透露出自己亲自安排刻版的讯息。因此，此嘉庆原刻本《仪礼图》的字体，自然会被镌作"浙式"。

又阮元在序文中说，先于此《仪礼图》，张惠言的《周易虞氏义》和《虞氏消息》，"予已刊行之"，而此《周易虞氏义》和《虞氏消息》，乃先于《仪礼图》两年而于嘉庆八年梓行，也是阮元在浙江巡抚任内的时候。张惠言门人陈善撰写的《周易虞氏义后

周易虞氏義卷之一

張惠言學

周易上經　參同契云日月為易虞君注云易字从日下月

象上傳　象上傳

文言　虞氏注

　　乾下乾上

乾元亨利貞　注　子夏傳云乾元始也亨通也利和也貞正也文言曰乾元者始而亨者也利貞者性情也乾始能以美利利天下不言所利大矣哉

初九潛龍勿用　乾為龍陽在初九為潛精變化之象文言注云九二見龍在下位故勿用

在田利見大人　陽息至二為見故稱見龍易有三才初為下位二兌為見故大人謂二有君德當

升坤五時舍於田二地之正體也九三君子終日乾乾夕惕若厲

离物皆相見與五同義

无咎　注　謂陽息至三二變成离离為日坤為夕故不稱龍三四人道三

嘉庆八年原刻本《周易虞氏义》内封面

儀禮圖

必爲容故高堂生傳禮十七篇而徐生善爲頌禮家爲頌皆宗之頌

卽容也後儒以進退揖讓爲末節薄之而不講故言朝則昧于三朝

三門言廟則闇于門揖曲指言寢則眩于房室階夾言堂則誤于楹

間階上辨之不精儀節皆由之舛錯而不可究非其蔽歟朱楊復作

儀禮圖雖禮文完具而位地或淆編修則以爲治儀禮者當先明宮

室故兼采唐宋元及

本朝諸儒之義斷以經注首述宮室圖而後依圖比事按而讀之步

武朗然又詳考吉凶冠服之制爲之圖表又其論喪服由至親期斷

之說爲六服加降表貫穿禮經尤爲明著予嘗以爲讀禮者當先爲

頌昔叔孫通爲綿蕝以習儀他日亦欲使家塾子弟畫地以肄禮庶

于治經之道事半而功倍也然則編修之書非卽徐生之頌乎

嘉慶十年五月二日揚州阮元序

二

师顾堂影印本张惠言《仪礼图》阮元序文题署的撰写时间
（收入《揅经室集》时阮氏已删略这一时间）

序》，亦云由阮公命其"校刊"，而该书内封面径自题署"嘉庆八年扬州阮氏琅嬛仙馆栞板"，故今世通称其书系由阮元刊刻（业师黄永年先生暨贾二强学长合编《清代版本图录》）。按照常理，同样应该是阮氏在官衙所在的杭州安排付梓上版。今审视《周易虞氏义》和《虞氏消息》这一嘉庆原刻本的字体，正是与《仪礼图》一样的"浙式"方体字。两相参证，更加相信自己老眼尚不甚昏花，而总结出各个地域的版刻特征之后，再由这种一般版刻特征而判别那些刻印地点不明的清代刻本，自有很大应用的空间。

就在为张惠言刊印《仪礼图》这一年的春天，阮元"命海塘兵翦柳三千余枝，遍插西湖"，并为之赋诗一首，有句云"几叶春雨浸深根，多少新芽出青杪。一年两年影依依，千丝万丝风袅袅。待与游人遮夕阳，应有飞绵衬芳草。补种须教有司管，爱惜还期后人保"（阮元《琅嬛仙馆诗略》卷七《命海塘兵翦柳三千余枝，遍插西湖，并令海防道以后每年添插千枝，永为公案》）。冥冥之中，若有灵焉，当年父母官阮元在浙江刻印的《仪礼图》，现在又得浙江古籍出版社慨然出面与师顾堂主人合作，使得这部精心影印的好书，能够冠以官方出版社的名义正式发行，以助其流通应用，正应了阮氏"爱惜还期后人保"的意愿。作为读者，我们不仅要感谢虔心奉献此书的沈楠先生，也要感谢浙江这一方中国早期印刷业发展最为卓越，也最为繁盛的土地。

2016 年 11 月 28 日记

喜迎《仪礼疏》

去年 11 月初，得到师顾堂影印张惠言《仪礼图》，当即写了篇《又见〈仪礼图〉》的短文，表达欣喜之情。得此精印佳本不过半年，摩挲展观，浓浓的兴味，尚未稍减，近又得知，师顾堂新印清人张敦仁倩顾广圻为之校勘的《仪礼疏》，很快也就要推向我们的面前。斯时斯世，人心险波，人事乖剌，往往无理亦且无礼，更准确地说，是只有更粗鄙，没有最粗鄙。然而在师顾堂主人的坚韧努力下，却是好书连年，令古昔礼书美本，联翩踵至，可谓"福无双至今将至"，余竟喜何如之！

清中期学者张惠言的《仪礼图》，其原刻本之流传稀少，虽被叶德辉以"寥落若晨星"来形容，但浩瀚天穹，晨星即使寥落，也不会寥落到仅剩三星、五星的程度，总比这要多上一些，以我生年之晚、访书之迟，前后也还有那么几次与之擦身而过的经历。这部《仪礼疏》，却一次也没有碰上过。

没买过古书旧书的朋友，听我这么讲，免不了会问："书肆里面那么多书，北京又有那么多家旧书店，你又不能每一部都翻开来看，难道就不会是由于你没有仔细看而错过了？"这样的疑

儀禮疏卷第一

儀禮卷第一

唐朝散大夫行大學博士弘文館學士臣賈公彥等撰

儀禮疏序○竊聞道本冲虛非言無以表其微妙非釋無能悟其理是知聖人言曲事資注釋而成至於周禮儀禮發源是一禮所注後鄭而已其儒慶則有二小暑周慶則皋大暑二小經注有周禮末儀禮注本則分為二部便易曉是以周禮注則有二小經注黃慶者多齊之門人下陳皮爵弁既短時之所尚李則似先入室近猶而登山不遠望而近不知悉則俯舉時之所尚李則為先入室近觀而登山遠望察近家之不疏互有脩短又玄所尚李之君有此四種之三加故有緇布冠弁冠委貌與弁二家章子始冠多之時之李冠之三加故有記都無天子一篇冠法凶禮制此服引記擅弓所作表心實也而與記謬也都無天子一篇冠法凶禮制此服引記擅弓所作表心明矣而所以皆資黃氏案鄭注此服焉記弓之所作表心實也而孝于有忠實之心故為注制喪服焉經以表則擅弓云章子始冠之時李黃氏妄云衰以表其一心餘足見矣今以黃氏公違鄭注黃之謬故也黃李之訓署言其一心餘足見矣今以先儒公違鄭注黃之謬宜易塗故也

清嘉庆张敦仁刻本《仪礼疏》正文首页

139

问，很有道理，谁也无法每去一次都一一翻看书店里所有的书籍，对好书视而未见，以致错失机缘而懊悔不已。这是很多常买旧书的人都有的经历。然而，对这部《仪礼疏》，我却绝不会这样。

从一开始听黄永年先生讲授版本学知识时起，就知道在清代中期刊刻的普通方体字本中，有这样一部《仪礼疏》，其学术价值重大，而又一向以稀见难得著称。

那么，其学术价值重大又"大"在哪里？

《仪礼》是最基本的经书，起初或名《士礼》。在西汉时期讲授的所谓《礼经》，也就是当时人所言《五经》之一的《礼》，指的就是这部《仪礼》。按照传世文献的记载，《五经》之《礼》被人称作《仪礼》，大致始于西晋。

看《仪礼》跻身于《五经》之列，即可知在后世所谓《三礼》当中，其书可谓独盛一时。就版本而言，在我们今天所能看到的经书版本中，《仪礼》也最为幸运，竟然在武威汉墓中保存下来九篇西汉晚期的木简或竹简写本，而且其文本系统，既不同于大戴或是小戴的派别，也不同于今本《仪礼》源出的刘向《别录》一脉。这九篇简册的内容，很可能是习自后氏《礼》的庆氏之学，对了解《仪礼》文本的传习演变，具有非同寻常的价值。推而广之，就一般文献学上的价值而言，特别值得注意的是这些简册上书写的"内题"和"外题"，它对我们认识古书篇章次第的编排及其凝固过程，意义尤为重大。

然而，至西汉末年，王莽、刘歆辈阐扬古文诸经，始把用战国古文写录的《周官》，改称《周礼》，并立于学官。这样，在后世所说《三礼》中最被看重的一部礼书，就由《仪礼》改换成了这部古文《周礼》。

东汉一朝，官学所授虽然还是今文经学，《仪礼》仍在官学，

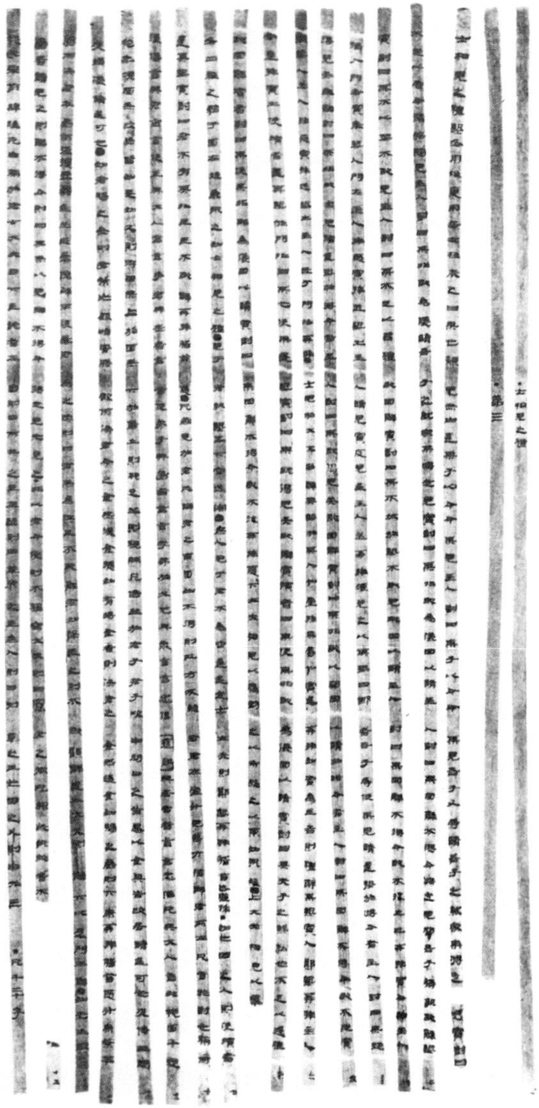

武威汉墓出土西汉木简写本《仪礼》

属《五经》之一，但古文融通今文，古文经学实际上在社会上已日占优势，这对《仪礼》的地位也有一定的消极影响。同时，东汉后期的鸿学硕儒郑玄，把战国秦汉间儒生阐释《仪礼》的文字记述《礼记》（小戴《礼记》），由"记"提升到与《仪礼》、《周礼》并列的"经"的地位而同时加以注解，据以构建自己的礼学体系。郑玄《三礼》并重，实际上也意味着《仪礼》地位的相对下降；况且东汉时期像郑玄这样深研《礼》学的人并不多见。《后汉书·儒林列传》称"中兴以后，亦有大、小戴博士，虽相传不绝，然未有显于儒林者"。这段文字，本是针对《仪礼》之学而发，正清楚体现出斯学日益衰败的景象。

至唐太宗敕令孔颖达等纂修的《五经正义》，《三礼》中列入《礼记正义》一项名目，亦即转而独重《礼记》。元仁宗皇庆二年以后，科举考试中定立的《五经》，也是承袭《五经正义》确定的五种经书，同样列有《礼记》。其后，场屋应试，世代相承。

再看经书中在南宋宁宗以后通行最广的《四书》，《论语》和《孟子》之外，《大学》、《中庸》两"书"，都是被朱熹从《礼记》中抽出来单行的篇章。皇庆二年以后，《四书》与《五经》并重，甚至比《五经》更为重要，也更为关键，成为科举考试最最基本的内容，愈加显现《礼记》超出于《仪礼》和《周礼》的重要地位。

有升就有降，特别是朝廷功令的力量，强大无比。《仪礼》地位下降的结果，给它的文本流传，也带来很大不利影响。

北宋以后雕版印刷普及，《仪礼》在天水一朝也有很多刻本。然而遗憾的是，宋刻《仪礼》在清初即已绝觏一见，逮黄丕烈获一南宋严州刻郑玄注本（亦称《仪礼郑注》），真是喜不自禁，竟直以"士礼居"颜其书室。欣幸之情，一望可知。

昔元人马端临撰著《文献通考》，载录其父马廷鸾尝有《仪礼注疏》序文，谓单独流行的《仪礼》疏文，亦即所谓《仪礼》单疏，其"正经注语皆标起止，而疏文列其下。盖古有明经、学究专科，如《仪礼》经注，学者童而习之，不待屑屑然登载本文而已熟其诵数矣。王介甫新经既出，士不读书如余之于《仪礼》者皆是也"（《文献通考》卷一八〇《经籍考》七）。看这话好像是王安石《三经新义》问世之前，世人还普遍重视《仪礼》，以至达到学者类皆童而习之且反复诵读的地步，但实际上，从唐到宋，明经、学究这些科目，地位一直相当卑微，在社会上颇受鄙夷，远不能与进士科比肩，从而导致《仪礼》及其古注和旧疏的流布程度也远不能与《礼记》相比。

至于王安石所谓"新经"，亦即《三经新义》，针对的是《尚书》、《毛诗》和《周礼》这三部经书，并不包括《仪礼》，所以不会直接影响《仪礼》及其义疏的流通。王安石真正影响《仪礼》流通的举措，是在神宗熙宁四年改革科举制度，废罢明经诸科而将其名额纳入进士一科。哲宗时进士科又分为经义进士科和诗赋进士科。诗赋进士科的考试，在《三礼》中列有《礼记》、《周礼》而没有《仪礼》；经义进士科的经义考试，《仪礼》虽然仍在科考的范围之内，但只是在《诗》、《礼记》、《周礼》、《春秋左传》（大经）以及《书》、《易》、《公羊》、《谷梁》（中经）诸经中可以选择的两种经书之一。想想《仪礼》的内容就很容易明白，就其发挥经义，是一件很困难的事情，恐怕没有多少人会愿意将其作为选项，自己给自己找麻烦。

再往后，到元仁宗皇庆二年，将《四书》、《五经》作为由经义进士科演化而来的德行明经科的基本考试内容，其中的《五经》，就是《五经正义》中的《五经》，从而彻底摒弃了《仪礼》等经书，更没有多少书呆子会去研习《仪礼》。及至明清时期所

五經正義表

臣穎達等言臣聞混元初闢三極之道分焉醇德既醨六籍稍之文孝

矣於是籀書浮於溫洛爰演九疇龍圖出於榮河以彰八卦故能貌

圓天地埏埴陰陽道濟四溟知周萬物所以十敷八政垂烟誠於百

王始六虛貽徽範於千古詠明得失之跡

刑政之紀綱於人倫之隱括昔雲官司契之后火紀建極步

驟馬、同質夫有異莫不開茲膠序樂以典墳歌雅頌表興廢之由宴

以立訓啓含靈之耳自賛神化之丹青孔發揮於前荀孟抑揚其愈峻歷夷險其敬

後馬鄭迭進成均之望鬱興蕭戴同昇石渠之業王化之本者也伏惟

皇帝陛下得一繼明尊斯乃邦家之基

不隊經隆替其道彌尊撫運乘天地之正齊日月之暉敷四術匪

緯俗經邦蘊九德而辨方軌物御紫宸而訪道坐玄扈以裁仁化彼

丹澤洽幽陵三秀六穗之祥宿麗可謂鴻巢閣之瑞史不絕書

照金鏡而泰階平運王衡之祥宿麗可謂鴻名軼於軒昊茂績冠於

勳華而垂拱无為遊心經典以為聖教幽賾妙理深玄訓詁紛綸文

宋刻单疏本《周易正义》前附唐高宗永徽四年长孙无忌等上《五经正义表》

谓"进士"考试，大体上也是如此。可见朝廷功令对《仪礼》流布的影响，在唐以及北宋神宗时期以前即已存在，而神宗熙宁年间王安石改革科举之后的变化，不过是愈演愈烈而已。

实际上，黄丕烈得到的这部严州本《仪礼》，在当时，也是天壤之间唯一的一部宋本。据云，这个版本的《仪礼》，能够在勘比国子监本等早期刊本的基础上，"参以《释文》、《疏》，核订异同，最为详核"（《四库提要》语），故复翁似此珍之重之，亦良有由也。惟造物忌人亦复妒物，这一人世孤帙后来竟告失传。幸黄氏生前曾影刻行世，流通较广，这就是后来汇印入《士礼居丛书》那一版本，尚且大体留存原本面目，也可以说是不幸之中的幸事了。此士礼居刻本今亦有"师顾堂丛书"影印佳本，学人置备研读，至为便利。

《仪礼》的义疏，即以郑玄注本为依据，它是在唐高宗颁行《五经正义》之后由贾公彦等人修纂而成。因《仪礼》的地位已逊于先此所成《周易》、《尚书》、《毛诗》、《礼记》和《春秋左传》"五经"，故不称"正义"，只是题作《仪礼疏》，或称《仪礼注疏》。

贾公彦等修纂的《仪礼疏》，如同彼时所有经书义疏一样，初时本脱离经注原本而单独流行。逮明嘉靖初年，有陈凤梧者，始合刊经注与义疏为一本，亦即"散疏入注，而注之分卷遂为疏之分卷"，一遵郑玄注本十七卷的次第（顾广圻《百宋一廛赋》之黄丕烈注。附案此注实际上当出于顾广圻本人之手而托名于士礼居主人）。直至清嘉庆年间以前，行世所有经、注、疏合编本《仪礼注疏》，俱因袭此本。昔王国维先生尝据南宋越刊八行本《礼记正义》等推论"越本殆具《十三经》矣"（《观堂集林》卷二一《宋越州本礼记正义跋》），即谓越中所刊经注与疏合刊本诸经，应含有《仪礼》在内，却并不符合实际情况。这是因为

儀禮卷第一

士冠禮第一　　　儀禮　　鄭氏注

士冠禮筮于廟門〔筮者以蓍問日吉凶於易也冠必筮日於廟門者重以成之筮人之禮成子孫也廟謂禰廟不於堂者嫌若冠成人之道非直著代也著代於禰廟尤重〕

主人玄冠朝服緇帶素韠即位于門東西面〔主人將冠者之父兄也玄冠委貌也朝服者十五升布衣而素裳也衣不言色者衣與冠同也筮必朝服者尊蓍龜之道也緇帶黑繒帶士帶博二寸再繚四寸屈垂三尺素韠白韋韠長三尺上廣一尺下廣二尺其頸五寸肩革帶博二寸〕

有司如主人服即位于西方東面北上〔有司羣吏有事者謂主人之吏所自辟除府史以下今時卒吏及假吏是也〕

人服即位于西方東面北上

筮與席所卦者具饌于西塾〔筮所以問吉凶謂著也所卦者所以畫地記爻易曰筮席筵也饌陳也具俱也西塾門外西堂也〕

于門中闑西閾外西面〔闑門橛閾閫也古文闑為槷閾為蹙〕

布席

進受命於主人〔宰有司主政教者自由主人出命告之筮為事〕

右少退贊命〔贊佐也命告所問也〕

筮人執筴抽上韇兼執之〔筮人有司主三易者筴蓍也韇藏筴之器今時藏弓矢者謂之韇兼并也進前也〕

宰自

即席坐西面卦者在左〔即就也東面受命右還北行就席也卦者有司主畫地識爻者〕

主人受視反之〔反還也〕

筮人許諾右還

示主人〔示吉凶〕

卒筮書卦執以

筮人還東面旅占卒進〔旅眾也還與其屬共占之古文旅作臚〕

告吉〔占之〕

若不吉則筮遠日如初儀〔遠日旬之外〕

徹筮席〔徹去也〕

"师顾堂丛书"影印黄丕烈影刻宋严州本《仪礼郑注》

王国维先生未能虑及科举考试与经书刊印之间的密切关系，不知当时本无此种需求。至于陈凤梧始散附疏文于经注之下，乃是当时文化上的"复古"思潮影响所致，这也可以说是嘉靖时期整个雕版印刷业"革命性"发展的一个具体事例。

然而陈凤梧这一系统的版本，不惟经注文字在《十三经》中"脱误尤多"（顾炎武《日知录》卷一八"监本二十一史"条），即其疏文，误文讹字亦"无虑数千百处"（顾广圻代张敦仁撰《重刻〈仪礼注疏〉序》，收入顾氏《思适斋集》卷七），讹误的程度，实际上要超过经注文字很多很多。溯其缘由，如清四库馆臣所说："盖由《仪礼》文古义奥，传习者少，注释者亦代不数人，写刻有讹，猝不能校，故纰漏至于如是也。"（《四库提要》语）明清读者虽多病之，却苦无宋椠善本可资校雠。

幸运之神，又一次降临清代中期首屈一指的大藏书家黄丕烈的书斋——士礼居中收入了一部稍有残阙的宋国子监刻本《仪礼》单疏（缺卷三二至三七，共佚失六卷），顾广圻（顾氏字千里，后以字行）等断为真宗景德年间梓行的"官本"（见顾氏《百宋一廛赋》），不过实际上应是南宋重刊东都旧本（见业师黄永年先生著《论王静安先生的版本学》及《清代版本图录》）。

其实不管此本到底刊刻于赵宋哪一位皇帝临朝的时候，其版本价值，都不下于严州本《仪礼郑注》。按照清朝第一校勘高手顾广圻的说法，单单就其在每一条疏文之前"所标某至某，注某至某"这一单疏本原始的形式，即"尤关于经注"，而嘉靖陈凤梧以下的经、注、疏合刊诸本，将这些标记"刊落窜易殆尽，非此竟无由得见"；同时，其"分卷五十，尚是贾公彦等所撰之旧"。故顾氏称颂此本"实于宋椠书籍为奇中之奇，宝中之宝，莫与伦者也"（黄丕烈影写宋刻单行本《仪礼疏》附顾广圻跋语）。

儀禮疏五十卷始見於陳氏書錄解題 唐宏文館學士臨賈公彦

二家行于世賈公彦 及馬端臨文獻通考先公儀禮注疏房曰余生五十八年未

據以為本而增損之 嘗讀儀禮之書一日從敝篋中浮景德

中宮本儀禮疏四帙正經注語皆標起止而疏文列其下蓋古有明經學究專科如儀

禮經注疏之不待屑之然登載本文而已熟其誦數矣王介甫新經既出

士不讀書如余之于儀禮者皆是也然不敢付之茫茫昧昧冥冥將尋訪本書傳抄

庶幾創通大義然余老矣懼其費日力而卒無所補也長兒跛回家有監本儀禮

經注可取而附益之以便觀覽欣然命之謄緝為九帙手自點校并取朱氏禮

書與其門人高弟黄氏楊氏諸家續補之編分章析條題要其上遂為完書拊而

歡曰茲所謂儀禮者歟韓昌黎之言豈欺我哉其為書也拊奇辭奧旨中有精義妙

道焉於纖悉曲折中有明辨等級焉不惟欲人之善其生且欲人之善其死不唯致嚴

于冠昏朝聘鄉射而尤嚴於喪祭後世徒以其推士禮而達之天子以為殘闕不可攷

之書者徐而觀之二王也天子之士也諸侯之士也大夫與下大夫不同等而上之固有可得而

推者矣 然但聞五十卷之名而原書未見蓋世所行本皆附注而行

之 周公之經何制之備也子夏之傳何文之奇也康成之注公彦之疏何學之博也小

子識分卷即從鄭注為十七卷乜 國朝朱竹垞作經義攷云

黄丕烈影钞宋刻单行本《仪礼疏》附自撰跋语

儀禮一經文字特多譌舛深於此學者每讀注而得經

之誤又讀疏而得注之誤然則疏之為用至要而不可

不校者也校疏諸家大概見於盧召弓氏詳校中乃浦

聲之多憑臆之改金撲園唯通解是從識者又病之無他

不見善本之過而已此宋時官本疏分卷五十尚是賈公彥

等所撰舊不佞在土礼居勘之一過於行世各本補其脫

刪其衍正其錯繆皆不可勝數其所標甚至其注某

至其尤有關於經注而各本刊落寔易駘盡非此竟無由

黄丕烈影钞宋刻单行本《仪礼疏》附顾广圻跋语

149

《仪礼》经注和唐人义疏的版本都是如此奇秘，也就难怪顾广圻在撰著《百宋一廛赋》以吟咏黄丕烈所藏珍本奇书时并列于篇首的就是这严州本《仪礼》和所谓"景德官刻"的单行贾《疏》。

更进一步深入探究，这一宋刻单疏本对我们今天研究贾公彦等《仪礼疏》的意义，则友人乔秀岩先生曾做过清楚的说明：

> （贾公彦等《仪礼疏》）自宋以降学者无言及唐本者，唐抄本之存在绝无踪迹可考。若然，后世所有注疏本，无不以宋刻单疏为祖本，未尝参用唐抄本为之校勘，则只要有宋刻单疏存在，其余诸刻自无版本价值可言。

这段话，也可以说是对顾广圻所谓"奇中之奇，宝中之宝"的具体解说。

然而，非常不幸的是，祸不单行，这部莫与伦比的宝书，和士礼居中的严州本《仪礼郑注》一样苦命，在转归清中期另一藏书大家汪士钟的艺芸书舍之后，最终也告失传。

聊可慰藉的是，宋刻单疏原本，虽已泯灭无存，但却另有不止一种变身传流后世，勉强为其延续一脉之命。这些变身，形态不一，且相互纠葛，关系比较复杂，故乔秀岩先生特撰《〈仪礼〉单疏版本说》一文（附入乔氏《义疏学衰亡史论》），梳理辨析，一一厘清其正变分合关系，为读者更好地利用《仪礼疏》的文本，奠定了切实的基础。上面转述的这段话，就出自乔氏此文的引言。

乔秀岩先生对《仪礼疏》相关版本问题的梳理归纳，可通过下面这份"单疏本流布图"（彩图见书前彩色插图 5）概而观之。这是他对自己研究结论的概括表示：

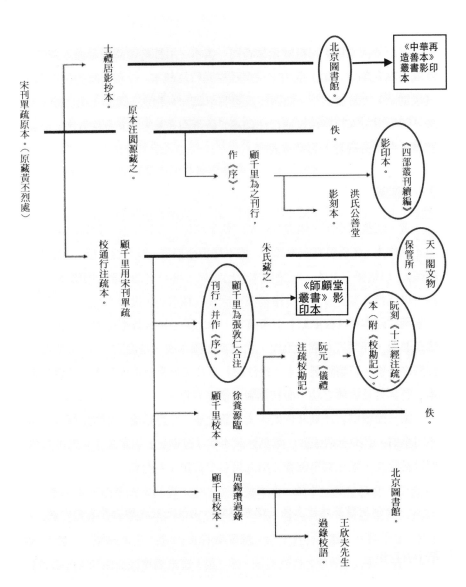

《仪礼》单疏本流布图

图中用红、蓝两色标示的内容，都是由我添加，用以突出图中比较重要的内容，并对乔文发表后新出现的版本事项，略加补充。

对于我们今天的读者来说，所面临的一个基本事实是：不管是南宋严州本《礼记郑注》，还是贾公彦单疏的南宋重刻北宋官本，都已无存于世，只能通过由其"变身"而出的文本来一睹面目。这当然无法像原书一样真切，不管是刻印、写钞，还是批录，哪一种形式，都会对赵宋原本有所变易，只不过是程度深浅亦即变形大小的差异而已。

在有机会利用这两个宋版《仪礼》经注或是义疏之前，清朝学者面临的现实则是：他们眼前的《仪礼》，没有一个好的经、注、疏合刊本以供阅读，明嘉靖陈凤梧刊本以下的各种刻本，都存在严重讹误。在这种情况下，利用这两部天壤间仅存的宋版校勘出一部经、注、疏合刻《仪礼》的最佳版本，才能够给学者提供最大的便利，也让这两部宋版珍本发挥最广泛的社会效益。

师顾堂主人即将影印出版的这部《仪礼疏》，就是这样的版本，而且自从其梓行问世时起，直到现在为止，一直是没有更佳，只有最佳，惟此为佳。这个版本，好就好在是在最好的经注本《仪礼》亦即南宋严州刻本《仪礼郑注》之上散入了最佳的《仪礼》单疏文本亦即南宋重刻北宋国子监本《仪礼疏》，而且是由清代位居魁首的校勘学家顾广圻一手勘定。尽管顾广圻当时没有能够直接利用这两部宋刊原本，而是以移录转摘的形式撷取了其中的精华。

顾广圻为张敦仁校勘此书，自是一板一眼，力求体现古本的面貌。除了具体的文字之外，在外在形式上，也是尽量取法于古人成规。譬如这本《仪礼疏》的卷次，自明嘉靖陈凤梧刊本以来，嘉靖年间李元阳福建刊本、万历年间北京国子监刊本、崇祯年间毛晋汲古阁刊本，直到清乾隆武英殿刻本和《四库全书》本等，

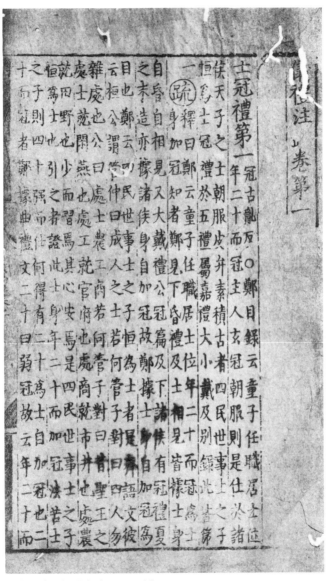

明嘉靖陈凤梧刊本《仪礼注疏》

一直都是依照《仪礼郑注》，分为十七卷，而顾广圻却是遵从单疏本的卷次划分，将其编为五十卷（在顾广圻代张敦仁撰写的《重刻仪礼注疏序》里，说明宋刻原本阙失的六卷，用宋人魏了翁《仪礼要义》的引文做了一些增补。另外，"余卷有缺叶，不得不取明以来本足之而必记其数"），此乃依循宋人散疏义于经注时的惯行做法。譬如《礼记郑注》原本二十卷，而南宋绍熙壬子两浙东路茶盐司并入义疏梓行时，便是依照疏义单行本《礼记正义》的分卷，将其编定为七十卷。高人上手，一招一式，都显现出通达的学识。

就这种经、注、疏合刊《仪礼》而言，我们看民国大藏书家、同时也是大版本学家傅增湘先生的评价：

> （此本）以宋严州本经注及景德单疏合编，顾广圻为之校补，缺疏之六卷，多依魏鹤山之《要义》，又通覆校，最为善本。惜流传不多，欲重刊此经注疏，当用此本。（《藏园订补郘亭知见传本书目》卷二）

显而易见，傅氏是把这一刻本，视作经注疏合编本的最佳版本。

傅增湘讲这些话，不仅是因为在这个版本的前面，有从明嘉靖陈凤梧刊本到清乾隆武英殿本这一系列经、注、疏合刊的《仪礼》旧本，更是针对继这个版本之后由阮元主持刊刻的《十三经注疏》本。

顾广圻动手校勘的这部《仪礼疏》，本来是由江宁知府张敦仁出资并主持刊行，故或通称张敦仁刊本。其梓行成书的具体时间，是在嘉庆十一年。后来阮元在嘉庆二十年刊成的《十三经注疏》本，尽管号称"重椠宋本《仪礼注疏》"，实际上只是重刊顾广圻校

儀禮要義卷第二十一　聘禮三

一　束帛加璧設皮聘使爲主君行享

擯者出請 云云 賓裼奉束帛加璧享 云云 庭實

皮則攝之釋曰自此盡以束帛如享禮禰享禮

之事知皮是虎豹皮者經云毛在内不欲文之

豫見是有文之皮郊特牲云虎豹之皮示服猛

也束帛加璧往德也文無所屬則天子諸侯皆

得用之此聘使爲君行之故知皮是虎豹之皮

也齊語云桕公知諸侯歸已令諸侯輕其幣用

宋淳祐十二年魏克愚刻本《仪礼要义》

勘本《仪礼疏》，且行款字体，一仍其旧，此即顾广圻代汪士钟撰《重刻宋本〈仪礼疏〉序》一文所说"阮宫保取配十行不足者也"（顾广圻《思适斋集》卷七）。

阮刻《十三经注疏》本不过翻刻顾氏旧本，而顾氏校勘原本传世尠少，所以傅增湘先生会有当据顾本重刊《仪礼注疏》的倡议。至民国时期刘承幹刊印《嘉业堂丛书》，即鉴于其书"印行不广，学者罕见"，而如傅氏所愿，刻入顾氏原本，以广其传。

不管是阮刻《十三经注疏》本，还是刘刻《嘉业堂丛书》本，由于是翻版重刻，都不能一一保持顾广圻校定本的原貌，特别是《嘉业堂丛书》本，如乔秀岩先生所指出的那样："版式行款已为改观，至文字内容，校对草率至极"，"随意改作，漫无体例"，以至"张本不误而《嘉业》本独误者，不在少数"。所以，学者利用此书，若非得读张敦仁、顾广圻原刊的版本，最好的办法，只能依赖影印的新本。

张、顾二氏校勘印行的这部《仪礼疏》如此重要，可原书却素来难得一遇。我们看特别重视清人精刻精印学术著述并肆力予以搜罗的叶德辉，在其《郋园读书志》中，亦未见此本踪影，而叶氏《观古堂书目》所著录清刻《仪礼注疏》，亦不过殿本、阮本而已。对其流传稀少的程度，永年师系以"极稀见"称之，且谓"百年前已公认为文物性善本矣"（语见业师与贾二强学长合著《清代版本图录》卷三）。

当年我在北京琉璃厂的"古籍书店"，偶然买到过一部张敦仁倩顾广圻校定仿刻的南宋抚州本《礼记郑注》（与此《仪礼疏》同刊于嘉庆十一年）。呈请永年师看后，虽然得到连声称赞，业师以为这才是读书人该买的旧刻佳本，而不要艳羡什么套印本、开化纸本之类古董家的玩物。不过让我高兴仅仅那么一小会儿之

儀禮疏卷第一

儀禮卷第一

唐朝散大夫行大學博士弘文館學士臣賈公彥等撰

儀禮疏序○竊聞道本沖虛，非言無以表其疏，言有微妙，非釋無能悟其理。是知聖人言，曲事資注釋而成。至於周禮、儀禮，發源是一，禮理有終始，分為二部，並是周公攝政大平之書。儀禮為末，儀禮所注，後本則難明，末便易曉。是以周禮注者則有二家，小經注疏則有稍周，似入室近者，有多門。齊之登山遠望，而近不察者。然則乘小器大，暑小經注疏都，黃慶則有二家，小經注疏。猶而遠望不察，而近不知悟，則碩儒慶則有二家。

冠禮三加，有緇布冠、皮弁、爵弁。二家之疏，而李云委貌，與弁二家。經之所作，表心明矣。而緇布冠，又著玄冠，周皆天子始冠。緇布冠甚多，時之李冠。

觀登山遠望，而近不察者。猶而遠望不察，而近之冠，故無天子冠法，而鄭注，制此喪服引禮記檀弓之所作，表心明矣。而鄭注黃氏之謬也。

之謬也，記喪服一篇，凶禮，是以南北二家。經之言，表心實也明矣。而鄭注宜易塗，故也。

所以皆資黃氏，以心故，鄭注制服，為則以表首，今以先儒失路，鄭注後宜易塗，故也。

黃氏妄云袁，其心，餘足見矣。

孝子有忠實，黃氏，鄭注為制服，引禮記，經之，表以黃氏公達路，鄭注後宜易塗故也。

黃李之訓器，喜其一。

后，随即就又讲道："这书好是好，但也算不上多么稀见。你要是能找到张敦仁和顾千里刻的《仪礼注疏》，那才算是你的福气。这《仪礼注疏》虽说字体平常，是方体字，却真的实在罕见。"看到我喜兴渐消的神情，先生觉得还需要再补上一刀："我老家伙有一部。"沮丧之余，只剩下一星儿希冀：毕竟我在北京，您老人家远在西安。京华首善之区，善就善在旧书店多。常跑常逛，说不定就会有好运，等着看。

知晓这一情况，大家也就很容易明白，只要我在古旧书店里看到《仪礼疏》或是《仪礼注疏》的书名，就一定要打开来翻看，是绝不会放过任何一次机会的。

想当年徜徉日下书肆，一次次充满侥幸的希冀，一次次必然的失望。多年来不再寻访古刻旧本，早已断绝了拥有其书的念想儿。可在今天，却即将获读师顾堂精心制作的影印佳本，能不为之狂喜？再想想"国家"名下那么多高大上的出版社，身拥滚滚公帑，有各种"经费"的资助，开国以来，经历这么多时日，又有谁想到过印制这部如此重要的基本典籍？想到这些，怎能不为师顾堂主人以一己之力而为此善举拍手称赞！

南宋以后，经、注、疏合编为一体的经书读本，形成了一套主流的体系。前面已经谈到，在张敦仁动手刊刻《仪礼疏》之前，《仪礼》在这方面很不完善，主要是由于《仪礼》地位日渐式微所致。

就经、注、疏合编本而言，张敦仁、顾广圻刊印的这部《仪礼疏》，堪称南宋以来第一佳本，人称"双美合璧"（见师顾堂影印士礼居仿刻宋严州本《仪礼郑注》附黄丕烈《宋严州本〈仪礼〉经注精校重雕缘起》），甚至可以说是使欲绝之学得以再继。对此，顾广圻本人也是津津自得，夸示云昔毛氏汲古阁刻《十三经注疏》"凡十数年而始成"仍未为善本，而他此番为张敦仁校刻此书，虽仅"改岁而成"，世间通行诸本却已莫善于此。究其原委，乃"毛氏仍万历监刻而已"，而他校刊这一新本乃是"以宋本易之精校焉，熟雠焉，此其所以善也"（顾广圻《思适斋集》卷一四《合刻仪礼注疏跋》）。

可是，事情的吊诡之处在于，贾公彦的《仪礼疏》，本来即未附《仪礼》经、注而单行，这也是义疏之学固有的面目。另一方面，清代乾嘉学者对古籍版本的追求，本意乃在求古存真，力求直视古代典籍的本初形态。在这一意义上讲，张敦仁倩顾广圻把贾公彦的义疏编录到《仪礼郑注》之中，恐怕并不具有多大传播古本的价值，在一定程度上，甚至还可能会妨碍学者准确利用贾公彦的疏文。对于一向主张在校勘古籍时尽量保持早期宋本原貌并极力标榜以"不校校之"的顾广圻来说（顾广圻《思适斋集》卷五《思适寓斋图自记》），这未免有些尴尬，同时也会让后人感到困惑。

若是妄自推测其原委，我想，这大概是顾广圻一时激于意气所致。盖顾氏初受聘参与阮刻《十三经注疏》的校勘工作，时阮氏拟先成《校勘记》而后再刻印诸经注疏的合编本。顾广圻因其学术主张颇与十三经局中段玉裁诸人龃龉不合（关于顾广圻与段玉裁等人在校勘《十三经注疏》问题上的意见分歧，可参见汪绍楹《阮氏重刻宋本十三经注疏考》），便在嘉庆十年，着手为张敦仁校勘《仪礼注疏》，将自己批校的明北监本《仪礼注疏》整理勘定，付诸梓人。因阮刻《十三经注疏》迟至嘉庆二十一年始得刊成，故顾广圻为张敦仁校勘此本，窃疑是出于顾氏自己之意，抢在阮氏丛刻诸经问世之前，先成此书，且依阮氏倚重所谓宋刻十行本之意，把这次刊刻《仪礼注疏》的行数，定为每半页十行，而不是明北监本原来的行数九行，这实际上是在向《十三经注疏》

局中诸公挑战，示以范例，以体现自己的学术追求。

观顾广圻代张敦仁撰写的《重刻仪礼注疏序》，直言"近日从事校雠者不止一家，核其论说，或取诸《经传通解》等，或直凭胸臆而已，莫不犹治丝而棼之，手虽繁而丝益乱"，只有像他这样校勘其书，才能使"其是非得失，庶可决定也"（文见顾氏《思适斋集》卷七）。其"近日从事校雠者"云云，显然是针对阮氏《十三经注疏》局中人物而发，而顾氏业已刊成的《仪礼注疏》，确实也令书局中人陷入一种很尴尬的境地（如前所述，后来梓行的阮刻《十三经注疏》，实际上不得不偷偷采用了顾广圻这一刻本）。简单地说，像这样合编经注与疏文为一书，是为契合阮刻《十三经注疏》的旨意，并在这一既定的形式之下体现自己的校勘主张。

顾广圻在明北监本上所批校的内容，主要是南宋严州刻本《仪礼郑注》与南宋刊单行本《仪礼疏》的异文（顾广圻《思适斋集》卷七《重刻宋本〈仪礼疏〉序》。又顾氏批校本《仪礼注疏》，今藏天一阁博物馆，网页上可以阅览，其具体校改的情况，稍一检核，即可知悉）。因而，傅增湘虽然称道此本系"以宋严州本经注及景德单疏合编"，但实际上在梓行时并未利用宋刻原本，只是斟酌采用了顾广圻批录于明北监本上的宋本文字。

这样看来，从更深入研究的需求来说，张敦仁、顾广圻刊行的这部合经、注、疏于一本的《仪礼疏》，就不能说是最佳的版本了。盖其所据底本（更准确地说，是现代学者所谓"工作本"），实际上正是被顾广圻本人贬称为"俗注疏"本的"万历监本"（顾广圻《思适斋集》卷七顾氏代张敦仁撰《抚本礼记郑注考异序》），这个"万历监本"也正是被他贬抑的汲古阁主人毛晋在刊刻《十三经注疏》时所依据的底本，而顾氏在这上面录存的宋刻《仪礼郑注》与贾公彦单疏的文字，自不能与原书完全一致。参差出入，在所

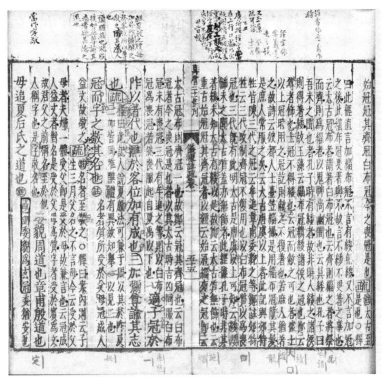

天一阁博物馆藏顾广圻批校明北监本《仪礼注疏》内文

难免。至于其行款版式等项面貌，更与原本迥不相同。

　　张敦仁、顾广圻合刻注疏本之不如意处如此，今专家学者若欲深入考究《仪礼》的经文与注疏，那么，最佳的版本又是什么？当然是各自别为一书的宋刻本《仪礼郑注》和单行的《仪礼疏》。这一点是毋庸赘言的，可现在说这一点已经毫无意义。实际上，我们现在面临的问题是：在《仪礼郑注》和《仪礼疏》单行本这两种宋刻本都已失传的情况下，又应该选取什么替代的版本来从事更深入、更专门的研究呢？

首先，让我们来看《仪礼郑注》。首选的版本，这一点，似乎也没有必要多说。

当年顾广圻在校刊完合编经、注、疏三项合编本《仪礼》之后，就在下一年，亦即嘉庆十二年，要为张敦仁校刊黄丕烈所藏严州本《仪礼郑注》，然而未及开工，张氏即由江宁转迁江西吉安。那里地僻文荒，雕镂不便，只得告罢。黄丕烈随之又自行重刊此书，仍延请顾广圻出任勘书之事。可是工作开始不久，顾广圻即与黄氏交恶，甩手不干。不得已，黄丕烈只好另行聘用他人，延宕至嘉庆二十年春，始竣其事（"师顾堂丛书"本《覆宋严州本仪礼郑注》附黄丕烈《宋严州本仪礼经注精校重雕缘起》）。我推测，不管张敦仁，还是黄丕烈，其着意一依原本重刻《仪礼郑注》，都应出自顾广圻的怂恿，因为这才是符合其本愿的刊刻形式。

至于以其原貌单行于世的《仪礼疏》，在乔秀岩先生的《仪礼》"单疏流布图"上，我们可以看到，黄丕烈收藏的那部宋刻本，在流入汪士钟（字阆源）手之后，汪氏曾将其影刻印行，号称"行摹款仿，尤传景德之真"（顾广圻《思适斋集》卷七代汪士钟撰《重刻宋本仪礼疏序》）。乔秀岩先生在《〈仪礼〉单疏版本说》一文中即向我们推荐，利用单行本《仪礼疏》，理应首选此本。盖此本"虽不得完全信据，但大抵可信"。对于我们普通学人最为便利的是，《四部丛刊续编》尝影印此本，取阅更为容易。

或谓汪氏仿刻《仪礼疏》单行本，仍然是由顾广圻司职校勘（乔秀岩《〈仪礼〉单疏版本说》），但目前我还没有看到明确的证据。从形式上看，单刻贾公彦的《仪礼疏》，应该很契合顾氏的期愿。不过前此两番，为人校勘《仪礼》注疏，因激于意气，都未能一遂心志。顾氏对此，似已意兴阑珊。加之汪刻本梓行于道光十年，

仪礼疏卷第一
唐朝散大夫行太学博士引文馆学士臣贾 公彦 等撰

仪礼疏序

窃闻道本冲虚非言无以表其疏言有微妙非释无能悟其理是知圣人言曲事资注释而成至於周礼仪礼发源是一理有终始分为二部并是周公摄政太平之书周礼为末仪礼为本本则难明末便易晓是以周礼注者则有多门仪礼所注後郑而已其为章疏则有二家信都黄庆者齐之盛德李孟悊者隋日硕儒庆则举大略小经汪疎漏犹登山远望而近不知悊则举小经大经汪稍周似入室近观而远不察二家之疏互有脩短时之所尚李则为先案士冠三加有缁布冠皮弁爵弁既冠又著玄冠见於此四种之冠故记人下陈缁布冠皮弁委貌周弁以释经之四种之冠法而李云委貌与弁皆天子始冠之冠李之谬也丧服一篇凶礼之要是以南北二家章疏甚多时之所以皆资黄氏案郑注丧服引礼记檀弓云经之言实也明孝子有忠实之心故为制此服焉则经之所作表心明矣而黄氏妄云襄以表

《四部丛刊续编》影印清汪士钟影刊黄丕烈旧藏宋本《仪礼疏》

四年多以后，顾广圻即以七十之龄辞世而去（顾广圻《思适斋集》卷首李兆洛撰《顾君墓志铭》），因知年老神衰的顾广圻，恐怕也已经没有足够的精力，详为勘定。故此本即使确为顾广圻司职校勘（案李兆洛撰《顾君墓志铭》列举了一些顾氏为人校勘书籍的事，但没有提及其协助汪士钟刊刻《仪礼疏》事），其精详程度，也已远不如顾氏先此校勘的诸多典籍，而核对下文将要谈到的黄丕烈影钞本《仪礼》单疏，可见此本较诸宋刻本原貌已有很大差距。检读顾广圻自己署名的《重刻宋本仪礼疏后序》（顾广圻《思适斋集》卷七），乃谓汪士钟此书既成，"以千里平日初涉此经，命以一言缀于后"云云，完全是局外人的口吻，此经是否系由顾广圻校勘，似乎还很值得斟酌。从其与《仪礼疏》原本的严重出入来看，我更倾向于认为，汪氏影宋刻本《仪礼疏》并非顾广圻为其校勘，顾氏勘书似乎不会如此颠顸。

可以与汪士钟刊刻《仪礼》单疏并重的是，顾广圻批校的明北监本，因天一阁博物馆已经在网上开放阅读，读取也十分便捷。过去天一阁收藏的这部顾广圻批校本阅读不便，不得已，也可以适当参考阮元所著《十三经注疏校勘记》（通行的阮刻《十三经注疏》诸卷之末所附校语系摘录阮氏此书）。因为这一《校勘记》称述的《仪礼》单疏内容，是由阮元幕下之徐养源氏从顾广圻批校本过录的。但现在顾批原本既然很容易看到，这一《校勘记》也就基本失去了利用的价值。

除此之外，实际上还有一个版本更为重要，这就是"北京图书馆"也就是现在的"国家图书馆"收藏的士礼居影钞本。

这个影钞本，系黄丕烈精心录存。在其卷首，题有黄氏自撰《校宋刊单行本〈仪礼疏〉凡例》。兹全文移录如下：

儀禮疏卷第一

唐朝散大夫行太學博士弘文館學士臣賈　公彥　等撰

儀禮疏序

竊聞道本沖虛非言無以表其疏言有微妙非釋無能悟其理是知聖
人言曲事資注釋而成至於周禮儀禮發源是一理有終始分為二部
並是周公攝政太平之書周禮為夫儀禮為本本則難明末便易曉是
以周禮注者則有多門儀禮所注後鄭而已其為章則有二家信都
黃慶者齊之盛德李孟悊者隋日碩儒慶則舉大略小經注疎疎猶登
山遠望而近不知悲則舉小略大經注稍周似入室近觀而遠不察二
家之疏互有脩短時之所尚為先案李則為先案周
弁既冠又著立冠見於君此四種之與記都無天子冠法而李云委貌與弁皆天子
始以釋冠李之謬也喪服一篇凶禮之要是以南北二家章疏甚多時
之所以皆資黃氏案鄭注喪服引禮記檀弓云經之言實也明孝子有
忠實之心故為制此服焉則經之所作表心明矣而黃氏妄云表以表

黄丕烈影钞宋刻单行本《仪礼疏》首页

一、脱简。凡宋本缺叶，名之曰"脱简"。悉以空白，存其面目。

一、阙文。凡宋本墨钉，名之曰"阙文"。

一、断烂。凡宋本版坏，名之曰"断烂"。间有他本可据，已经写入行间者，仍加钤印，以存缺疑之义。

一、过书。凡宋本字迹隐约，影写错误，名之曰"过书"。各标可识之字于每行上方。

其"名之曰'某某'"，具体操作方式，是刻制一枚小长方篆字细朱文印章，钤盖在写本的相应位置。

读此凡例可知，除了尽可能依照原样逐写宋刻单疏本的文字之外，黄丕烈还做了两项校补工作：一是校改书手影写的错误，以"过书"章钤盖在误书字上，并在这一行的上方，标明应当改为某字；二是依据其他文本，补入部分"断烂"的文字，并钤盖"断烂"印章，以为标识。

除此之外，凡遇此本因刷印时间已迟所致经过后人修补的版面，士礼居主人还在每页右侧上方钤以楷书"修板"二字，以昭版片雕镂先后。

如此一来，这一影写本已能最大限度存留宋刻本的面貌，堪称惟下原本一等。以此影写本对比汪士钟的影刻，可见原版大量断烂缺损之处，都已填补宛如完书，却未做任何勘改说明。仅此一点，汪刻本就已经与宋刻原本相去甚远。因此，若是深入研究贾公彦《仪礼疏》的文本，显然应以这部黄丕烈钞本作为首选。当然，这并不意味着完全否定汪士钟刻本的价值。盖黄钞与汪刻都是直接出自同一部宋椠，二者之间，自然会互有正误，研究者

校宋刊單行本儀禮疏凡例

一脫簡　凡宋本缺葉名之曰脫簡悉以空白

　　　　存其面目

一闕文　凡宋本墨釘名之曰闕文

一斷爛　凡宋本版壞名之曰斷爛間有他

　　　　本可據已經寫入行間者仍加鈐

　　　　印以存缺疑之義

一過書　凡宋本字跡隱約影寫錯誤名之

　　　　曰過書各標可識之字于每行上方

黄丕烈影钞宋刻单行本《仪礼疏》卷首黄氏自撰写校凡例

先　　　　　　　　事

儀禮疏卷第五十

唐朝散大夫行太學博士弘文館學士臣賈　公彥　等

主人至壹拜　汪拜于至為一釋曰自此盡賓降論王人獻長賓尸

并主人受酢之實云二拜于門東明少南就之也者案周禮司士職孤卿特揖大夫以

就之云二拜者衆賓賤旅之也大夫爵同者衆揖之此云旅之者

等旅揖住一西特揖二揖之旅衆也

衆也衆人共得一拜云衆賓一拜衆也者以賤不得備禮故云賤也

純臣也位在門者此對特牲記云公有司門西北面東上獻次衆

私臣門東北面西上獻次兄弟此賓皆在門東故云純臣者指北面

也得獻說在西階下亦不絕臣故下經云獻私人于阼階上汪云私

家臣已所自謂云獻私人于阼階上汪云私人家臣已所自謂除也

夫言私人明不純臣也若然大夫云私人見不純臣士言私臣不言

下大夫尊刈君若言私臣則臣與君不異故名私人士甲無辟君臣

名不婦故臣私臣　汪羊骼至為路　釋曰云設俎者既則侯于西

端者案卿獻酒司正外相旅受酬者降席司正退立于序端然則主

《四部丛刊续编》影印黄丕烈影钞宋本《仪礼疏》

168

儀禮疏卷第五十

唐朝散大夫行太學博士引文館學士臣賈　公彥　等撰

主人至壹拜　注拜于至爲一　釋曰自此盡賓降論主人獻長賓已下

并主人受酢之事云拜于門東明少南就之也者以其繼門言之明少南

就之云三拜者衆賓賤旅之也者案周禮司士職孤卿特揖大夫以其

等旅揖注云特揖一揖之旅衆也大夫爵同者衆揖之此云旅之者旅

衆也衆人共得一拜云衆賓一拜賤也者以賤不得備禮故云賤也云

純臣也位在門東者此對特牲記云公有司門西面東上獻次衆賓

私臣門東北面西上獻次兄弟此賓皆在門東故云純臣者指北面時

也得獻訖在西階下亦不純臣故下經云獻私人于阼階上汪云私人

家臣已所自謂云獻私人于阼階上汪云私人家已所自謂除也大

夫言私人明不純臣也若然大夫云私人見不純臣士言私臣不言人

者大夫尊近君若言私臣則臣與君不異故名私臣之

名不嫌故名私臣　汪羊骼至爲骼　釋曰云設俎者既則侯于西序之

端者案鄉飲酒司正升相旅受酬者降席司正退立于序端然則先事

汪士钟影刊单行本《仪礼疏》

169

清嘉庆张敦仁刻本《仪礼疏》内封面

同时还要参校汪士钟刻本。依据同样的道理，对顾广圻批校的明北监本，也应采取这样的态度。

这个钞本的情况，本来略一翻检，即可清楚知悉。但与天一阁博物馆收藏的顾批北监本在网上公布以前的情况相同，堂堂"国家图书馆"收藏的这部黄丕烈影钞本《仪礼疏》，也是幽居永巷，寻常读书人只能驰神遥想，可思而不可至。故乔秀岩先生在撰著《〈仪礼〉单疏版本说》一文时尚未能目睹其书以清楚说明此本的价值。想一想乔秀岩先生"珍爱生命，远离国图"那两句隽语，很容易明白他对去"国图"看书会有多么恐惧。一个外国人（秀岩先生本姓"桥本"，大家都明白他应该是来自哪个国家），漂洋过海，来到中国，不怕毒霾，不怕粮食、蔬菜、茶叶等种种饮食浸满的农药，可就是不敢去国图看书。不过2014年年底，国家图书馆出版社已经把它印入所谓"中华再造善本"丛书，学人取阅，不再艰难，自应取代《四部丛刊续编》影印所谓汪士钟"覆宋刊本"的地位，作为单行《仪礼疏》原本的最佳替身而进入研究者书斋。可惜主事者或以为是僻书，当时仅影印两百部。殊不知而今是"经学"昌盛的时代，虽然不过两三年间，想找一部纸本收入书箧，大概也不是很容易的事了。

不过话说回来，对于绝大多数普通读者来说，要想一并阅读《仪礼》的经文、注文和义疏之文，免却左顾右盼之劳，还是应当首选"师顾堂丛书"即将颁行的这部张、顾编刻本《仪礼疏》（而不是通行的阮刻《十三经注疏》本）。这就像读《水经注》应当首选中华书局影印的王先谦合校本《水经注》一样，深入研究的专家，自然还要参考残宋本、《大典》本等更早、更具有原始意义的版本。

2017 年 3 月 18 日晚记

令人狐疑的《史记》

　　海昏侯墓园的发现，特别是第一代海昏侯刘贺墓室的发掘，给历史研究提供了许多新的资料，也引起社会各界的广泛关注。

　　为了帮助社会各界认识刘贺其人其事，也为学术界进一步深入分析和利用刘贺墓出土的各类文物和文献资料，我在2016年6月，用一个月时间，赶写出《海昏侯刘贺》一书。同年10月，在生活·读书·新知三联书店出版。

　　书稿交付出版社之后不久，我就患病住院。此后较长时间内，病情都比较严重，就顾不上多关注海昏侯墓考古工作的新进展，对相关情况，比较生疏。12月10日下午，我在三联书店以"海昏侯三题"为题，做一次学术讲座，现场有朋友问我对海昏侯墓出土《史记》的看法。当时只是恍惚听人谈论过此事，并没有看到具体的报道，我简略回答说，根据相关历史文献的记载，在刘贺墓室出土《史记》的可能性非常小。

　　因为这实在不太可能，过后，对此也没有在意，以为是一时误传而已。昨天，也就是今年的5月24日，一位朋友手机转发《江南都市报》的一篇报道，题为《海昏侯墓重大进展！失传1800年的宝贝，就要被找到了》，文中在未加清楚说明依据的情况下，惊叹"海昏侯墓中居然有《史记》"。因为此文开篇即谓"日前，南昌考古发掘传来新消息"云云，而且还提到了一位"南昌汉代海昏侯墓文物保护工作人员夏某某"正在整理所出土简牍的工作状况，给人以的真的真的实录的感觉。

为确证这一报道的真实可信，怕上流氓小报的当（同样的文章在同一天搜狐的网页上也可以看到），我特意到网上查看了一下，发现《江南都市报》很可靠，是我党在江西的喉舌《江西日报》下属的报纸，又近在海昏侯墓旁，绝不会随便乱说。在向该报官方微博"@江南都市报"询问之后，被告知其来源是一个名为"海昏侯"的微信公众号，其主人是"南昌汉代海昏侯国遗址公园"。这是出自它在 2016 年 10 月 15 日发布的一篇报道，题为《海昏侯墓的最新考古发现！有生之年居然看到《论语》更新……》。对比了一下，《江南都市报》的报道，这一部分有关《史记》的内容，基本上移录"海昏侯"微信公众号的原文。不过这也正常，都是国家的正经单位，有党有部管着呢，不像资产阶级的新闻媒体，整天说胡话，用不着核对，谁也不会撒谎造谣。况且至少从表面上看起来，所谓"南昌汉代海昏侯国遗址公园"，应该和海昏侯墓在一个地方，几乎不分尔我，更不会有什么差错。

不过做历史研究特别是搞考据搞惯了，心里总挂着"无征不信"那个弦儿，一刻也不敢放松。虽然文中提到当地参与该墓发掘的著名考古学者徐长青先生的名字，但行文中还是没有明确表示这样的内容究竟是出自何人之口，不知道讲这话的人是不是参与考古发掘或是对出土文物进行整理的知情人。

另一方面，"海昏侯"微信公众号上的这篇报道，没有"笔者"的姓名，不知道文章从谁的笔下冒出来的，这也让人觉得悬得慌。

再往上追查，发现此前一天，这篇东西在 2016 年 10 月 14 日的"今日看点"和"搜狐"网页上业已先后刊出，也都没地方去找作者。

网上的世界实在太混乱，同样的消息，到处乱转，谁也不在意事实的准确性。在书呆子习性的强迫下，我又进一步追查。这下，终于找到一个让我放心的出处：主持挖掘海昏侯墓的考古队长杨军先生。

2016 年 9 月 9 日的《解放日报》，刊发了杨军先生在所谓"一席演讲"上演讲的内容（由该报记者徐蓓整理）。据此，杨军先生讲述说：

> 海昏侯墓一共出土了 10000 件（套）文物。首先是竹简，共 5000 多枚。海昏侯生前读的书或者喜欢的书都被埋进了这个坟墓。从目前来看，有《论语》《史记》《医经》，还有《孝经》《医书》《日书》，包括筑墓的赋。

我想，上述那些有关海昏侯墓出土《史记》的报道，若非真的另外做过一个新闻媒体本应进行的实际采访，或许都是源出于此。考虑到杨军先生在海昏侯墓出土文物方面的权威地位，大概谁也不会对此表示质疑。

那么，为什么我要对这一说法的可信性表示怀疑呢？因为刘贺墓室中是否出土有《史记》，关系到太史公书的早期传布过程，进而关系到《史记》文本的变化，是一个《史记》研究中很重要也很基本的问题，所以我非常关心，而从我所看到的历史记载来说，刘贺生前能够读到《史记》并抄录其书的可能性很小很小。

海昏侯墓出土《史记》的消息传出之后，大众媒体关注的重点，主要集中在这个出土文本的"初版"性上，说什么"《史记》

已被后世修改得面目全非，如果初版能被成功解读，不知多少历史将被颠覆"！这虽然只是媒体人习惯的随意说法，却很典型地反映了很大一部分学者对待出土文献与传世文献关系的态度，即急切期望用刚刚从地底下挖出来的文字材料来改变传世文献所告诉我们的历史样貌。

我认为，以这样的态度对待出土文献，已属迷信，而似此迷信出土文献的重要性，必然极度轻视传世文献。即以《史记》的传布过程而论，像对待所有历史问题一样，首先还是要充分尊重传世文献的记载，即使偶尔有出土文献所反映的情况确实颠覆了传世文献的记载，也只有在清楚把握传世文献记载的基础上，才能深刻而不是肤浅地阐释新出土文献的价值。

况且历史的发展，总的来说，是有规律的。中国古代的历史记载，总的来说，也是相当翔实可靠的，我们的祖先并不是专把虚假的情况写入史书。

我们所经历的实际情况是：从孔子旧宅秘藏的经书，到汉武帝陵墓出土的《茂陵书》、西晋时期的重大发现《汲冢书》，以及近年入藏的清华简、北大简等等，到目前为止，并没有多少史书记载的大事被新出土的文献所颠覆，出土文献的作用，基本上还是补充和完善旧史，而不是什么"颠覆"。以往的经验告诉我们，只要有合适的机缘，什么样的现实，都可以"颠覆"，但要想"颠覆"历史，却并不那么容易。

即以海昏侯墓出土的《论语》"知道"篇残简而论，它只是让我们重见了这篇被汉魏之间诸多博学鸿儒弃置不用的《齐论》中很少一部分文字，而把这篇文字清除到废纸篓里去的学者，就包括《论语》传承史上大名鼎鼎的著名西汉人张禹和东汉人郑玄，其后曹魏时期专门和郑玄作对的王肃也同样对其置之不理。除了能让我们稍稍增广见闻之外，实在看不出能够"颠覆"什么《论语》流传的历史过程。

做古代文史研究的第一要义，是要努力慎思明辨，仔细分析常见基本史料。要是总想着仅仅依靠出土新材料就能轻而易举地"颠覆"些什么，弄不好很可能会走向癫狂。以一种平静的心态，合理地对待出土文献和传世文献，那么，回到《史记》的问题上，我们就会看到，班固在《汉书·司马迁传》里，对其传布于世的过程，有如下记载：

> 迁既死后，其书稍出。宣帝时，迁外孙平通侯杨恽祖述其书，遂宣布焉。

班固这样记述的前提，是司马迁在所谓《报任安书》中讲，要把《史记》一书"藏之名山"，以待能行其书之人以传之"通邑大都"。在这里，"藏之名山"只是个形象的说法，实际上不过是将书稿留存于司马氏后人而已。这意味着在司马迁生前，并没有把自己这部著述公之于众，故班固才会有"迁既死后，其书稍出"云云。

斟酌上下文义，所谓"其书稍出"，应该是讲在司马迁去世之后，世人才对他写的这部《史记》有所了解，然而还无法获得此书。直到汉宣帝时期，由于他的外孙杨恽，秉性和司马迁颇为相似，能"读外祖《太史公记》"（《汉书》卷六六《杨恽传》），才使这部书得到了传布于"通邑大都"的机会。班固说杨恽"祖述其书"，也就是对外阐扬这部著作的意思，而所谓"遂宣布焉"，就是说将《史记》的书稿公之于世，在一定条件下，有意者可以抄录传播。

按照班固的记载，这应该就是《史记》流通于世的时间起点，而这是在宣帝时期才发生的事情。虽然我们无法确定杨恽"宣布"乃外祖之书更为确切的具体时间，只能依据其死亡时间，把下限卡定在宣帝五凤二年（公元前56年）十二月之前（《汉书》卷八《宣帝纪》），然而仅仅知道这是宣帝时期的事情，就可以对刘贺其人是否能够获取此书做出大致的推断。

众所周知，汉宣帝登基称孤，是以刘贺被废黜帝位为前提的，因而宣帝当政时期，也就是在刘贺被驱离长安之后。

离开长安城后，刘贺的生命历程，可以分为两个大的阶段：第一阶段，从元平元年（公元前74年）六月底，到宣帝元康三年（公元前63年）三月，前后将近十年时间，他生活在昌邑国故宫；第二阶段，从宣帝元康三年（公元前63年）三月，到宣帝神爵三年（公元前59年），约四年时间，他生活在海昏侯国，直至去世。这时，杨恽依然在世。纯粹从时间的角度看，逻辑上，刘贺在上述十四年间，似乎都有获取《史记》的可能。然而，实际情况，却未必如此。

在第一阶段，刘贺形同囚徒，先后处于霍光和汉宣帝的严密监管之下，不仅不能外出，甚至连维持生命的基本食物，都是在严格控制下被传送到昌邑国故宫之中的。除此之外，一切物品，皆"不得出入"，也就是完全断绝了与外界的联系。同时，刘贺也失去了昔日侍从的文臣，同时还身患严重的"痿"病（疑属类风湿），日常起居受到很大影响（《汉书》卷六三《刘贺传》）。在这种情况下，他根本得不到杨恽"宣布"的《史记》，也不具备在宫中写录《史记》的其他条件。可以说，对刘贺来说，获读《史记》，这是一件难以想象的事情。

第二阶段，在豫章郡的彭蠡泽畔受封为海昏侯后，朝廷对待刘贺的境况虽颇有改善，但刘贺仍然处于地方官员的监视之下，其被豫章太守举报"与故太守卒史孙万世交通"而遭致削户的惩处（《汉书》卷六三《刘贺传》），就是清楚的证明。

另一方面，如同过去我所谈到的，汉宣帝把刘贺册封到荒僻的海昏，本身就是想让他远离中原，"不及以政"，为防止他与皇室成员以及其他朝野人士更多接触，在封授刘贺为海昏侯的同时，还剥夺了他每年到都城长安去参与宗庙祭祀的权利，而这样做的目的，自是为阻断刘贺与外界的接触和联系（见拙著《海昏侯刘贺》）。

考虑到当时这一形势和海昏侯国的偏僻位置，估计脑筋稍微正常一点儿的人都会明白，与刘贺接触，是很犯忌的，因而不会有什么人没事找事非跟刘贺往还不可，刘贺与外界特别是中原地区的联系，应当非常有限。加之刘贺在海昏不过四年就离开了人世，还有《史记》也不是像《论语》那么通行的读物，他就更没有多大可能去抄写《史记》了。

以上是从刘贺本人是否有条件接触并抄录《史记》来分析这一问题，下面再来看一看《史记》在西汉时期的流布情况，看刘贺接触其书的机会能有多大。

汉宣帝时期杨恽将《史记》"宣布"于世之后，在社会一定范围内虽然有所流传，但传布的范围，仍十分有限。汉成帝时，宣帝的儿子东平王刘宇，在进京来朝时，"上疏求诸子及《太史公书》"，《汉书》卷八〇本传记述朝廷议处此事的经过说：

> 上以问大将军王凤，对曰："臣闻诸侯朝聘，考文章，正法度，非礼不言。今东平王幸得来朝，不思制节谨度，以防危失，而求诸书，非朝聘之义也。诸子书或反经术，非圣

人，或明鬼神，信物怪；《太史公书》有战国从横权谲之谋，
汉兴之初谋臣奇策，天官灾异，地形阸塞，皆不宜在诸侯王，
不可予。不许之辞宜曰：'《五经》圣人所制，万事靡不毕载。
王审乐道，傅相皆儒者，旦夕讲诵，足以正身虞意。夫小辩
破义，小道不通，致远恐泥，皆不足以留意。诸益于经术者，
不爱于王。'"对奏，天子如凤言，遂不与。

看了朝廷对东平王刘宇阅读《史记》竟如此防范，就很容易
明白，刘贺要想找一部《史记》读读，以他的身份和处境，这在
当时应是一件颇犯忌讳的事情。观杨恽遭除爵罢官，被祸的缘由，
即是其"妄引亡国以诽谤当世"（《汉书》卷六六《杨恽传》），
而这与他好读太史公书显然具有密切关系。可知好读《史记》往
往会导致很严重的后果，朝廷对刘贺自然也要加以限制。况且从
上面的记述还可以看出，这也不是刘贺想做就能做到的事情。东
平王好歹还是个王爷，想向朝廷讨一部书都讨不到，而刘贺的身
份只是一位曾经犯下大过、现今仍被监视居住的列侯，本身就对
当朝皇帝构成一定威胁，怎么能够轻易读到太史公的《史记》？

去年12月上旬我在三联书店说海昏侯墓出土《史记》的可能
性非常小。就是综合考虑以上两方面因素而做出的考量。不过，
当时只是凭借自己的一般印象所做的表述，现在，通过上面所做
的具体分析，我可以更为清楚地说：按照常理，在海昏侯一世刘
贺的墓室出土有《史记》的可能性，极小极小，甚至小到可以忽
略不计的程度。这就是我根据自己了解到的一般历史情况所做的
推论。

对我这样的推论，很多人一定会感到诧异，实际主持发掘海
昏侯墓的杨军先生都已经讲了，南昌汉代海昏侯国遗址公园和《江

南都市报》也都是南昌当地的官方机构，我为什么偏偏还要怀疑？学术界那些笃信依赖考古新发现来"颠覆"自己有限历史知识的人，往往还会念叨什么"说有易，说无难"那套三字经，以为考古学家只要不放下铁锹猛着劲儿挖下去，就什么都可能挖出来，当然不能排除海昏侯墓中会挖到《史记》；而像我这样的局外人根本探听不到丝毫内幕消息，根本无法知晓海昏侯墓到底出了哪些简，甚至在未经整理的简文中到底还会包含些什么。这恐怕连直接参与考古发掘的学者现在也说不清，我怎么敢这样放胆讲话，难道就不怕打脸？

首先，海昏侯墓发现《史记》一事，在《考古》2017 年第 7 期上所发表的《南昌市西汉海昏侯墓》一文中，没有见到相关的介绍，而这篇文章是考古工作者对海昏侯墓发掘情况正式、规范的报告。以此为准，则《解放日报》上刊出的讲演记录，很可能会有讲演者一时的口误，或是整理、记录者因不懂专业问题而造成的笔误。我自己接受记者采访，就刊登出来过很离奇的记录错误。其他诸如"海昏侯"微信公众号和《江南都市报》等各种媒体，特别是电子媒体传播的内容，很可能又是在此基础上随意敷衍出来的结果，同样不会是事实。

问题是这些报道即使确属一时的误传，仍有必要对此做出深入、具体的说明，即：不是来说明海昏侯墓室里到底是不是发现了《史记》，而是根据传世文献的记载来说明在海昏侯墓室里能不能发现《史记》。答案是几乎根本不可能发现《史记》；或者更科学地说，其可能性几乎接近 0。这一点，正是我撰述这篇文稿的意义。

我们研究远去的历史，实质上就是根据已知的部分史实来推测其他未知的史事，而这已知的部分史实首先就是来自于历史文献的记载。陈寅恪先生论治史方法时所说"据可信之材料，依常识之判断"（陈寅恪《唐代政治史述论稿》），实际上讲的就是这个道理。不言而喻，这样的推测或者判断，往往存在很大风险，有时会出现差错，但也正是这种可能性，激发出研究者浓烈的兴趣。这就是历史研究的魅力所在。

传世文献的记载，是我们认识历史的第一步，也是我们认知古代社会最重要的基础，它不仅是中国古代史研究最重要的基础，也是中国古代在进入有清楚文献记载的年代以后从事考古学研究和出土文献研究最重要的基础。只有坚定地站在这一基础之上，才能切实展开考古学的研究，深入解析相关考古发现的各项物品和文献资料（其最具直接关系者，譬如已经有人在分析海昏侯墓出土所谓"孔子衣镜"背板上有关孔夫子生平事迹的铭文时，考虑这篇铭文是否抄录或是利用了《史记》的相关内容），不然，比盗墓贼挖宝也强不了多少。

尽管像这样以传世文献为基础来认识历史，会有很大不足，往往还会出现偏差，但是正因为如此，我们才需要考古学的发现和其他手段来弥补缺陷，修正错误。出了错，是很正常的，但不能因此就什么都不做，不对眼前面临的问题说个明白话；更不能听任流言蜚语四处传播而不予以说明。

那么，要是新闻纸所说杨军先生介绍的情况完全准确无误，在海昏侯墓室中确实发现了《史记》，那我岂不是自己找抽？另外，海昏侯墓出土的简牍，总数在5000件以上，目前清楚辨识出文字内容的只是其中很小一部分，还有大量的简牍，等待识别，即使现在还没有看到，但在这些有待辨识的竹简中若是真的有《史记》存在，我又颜面何在？我想，许多人一定会有这样的想法。

海昏侯墓中是不是有《史记》存在，这是关系到太史公书早期流传状况的重大关节。我判断海昏侯墓室不可能埋藏有《史记》，是基于传世文献所做的推断。由于历史判断的复杂性和研究者个人学识的局限性，谁做这样的推断，都可能出现差错，我当然也不会例外。假如我的看法确实错了，那我们就根据新的事实和材料来重新分析已有的文献记载，从而进一步丰富和深化我们的认识。事实上，也只有在对既有记载做出深入分析的基础上，才能更好、更快地阐释考古新发现的内在价值。这根本打不着我的脸，我提出上述认识，对深入认识《史记》的早期传布情况，仍然具有积极意义，至少比空泛地大肆宣扬用这一发现来"颠覆"些什么会更有意义。

　　尽管我的认识可能会有差错，但在非常清楚地看到从事海昏侯墓发掘和出土文献整理的专家对此进一步做出确切的说明之前（如考古工作者目前认定为《易经》的某些简文，就还值得斟酌），我对海昏侯墓中出土《史记》的说法，终究还是不能不心存犹豫而狐疑。

2017 年 5 月 25 日晚初稿

2017 年 5 月 27 日上午修定

东北汉子

　　一家刊物，嘱咐我写一篇小传性的文字，谈谈自己的学术经历和对学术的认识。延宕很长时间，还是没有写出。这里面有身体的原因，但更主要的是，不知道写什么是好。自己没做出过什么像样的研究，更根本没弄懂所从事的学术究竟是怎样回事。怎么写，实在是个难题。

　　前天，入夜未久，京城里好端端的天气，忽地电闪雷鸣。凉风冷雨，凛然而至。在情感上，我是一个很鲁钝的人。自从二十多岁离开东北之后，很少思念家乡，但在遇到一些稍显特别的天气的时候，看到很多人在怕，在躲，在藏，总会想到故乡，想到故乡的天气，回到自己在漫天风雪中成长的岁月。

　　大学本科，我在哈尔滨读书四年，没有用过一次雨伞（备注：也没有伞）。怎么办？小雨顶着，大雨脱了（备注：留一条短裤没脱）。像冲淋浴一样，很舒服。其实夏天没有什么严酷的天气，严酷的天气，是在冬季。万里冰雪，极目苍茫。推开房门，凛冽的寒风，"刮"面而来，呛鼻子，呛眼，直通通地呛进气管，真的想退回暖融融的屋子里。但这就是我少时的世界，这就是家乡的生活。

活着，便没有办法逃避，每一天都要硬着头皮走出去。猛走两步，或是骑上自行车蹬几圈，热血即时周身奔涌。当时感觉到的，更多的是通透的畅快；留在记忆里的，更多的是顶风冒雪前行时焕发的生命活力，还有青春的激情。

中学时，读《古文观止》，读到王勃的《滕王阁序》，环顾周边一望无际的荒野，常常遐想"人杰地灵"的江南是怎样一番景色，想象那些家传诗书的文人才子是如何潇洒倜傥。大学毕业以后到外地读书、就业，每当别人问我东北的民风习俗时，我常会回答三个字："没文化。"李一氓先生讲他在沈阳一家古书铺的经历，老板竟然会把汲古阁刻本《十三经注疏》当作镇库重宝拿给他，当然这只能换来满眼的鄙夷。被鄙夷的不是书铺的老板，而是东北的文化。

在大学里偷着学历史，知道一点儿东北过往的事迹，在文化上，首先是宁古塔的"流人"，他们大多来自长江以南的地方，没有一个当地的土产。小时候听到的乡里旧事，有很多是关于"胡子"的传说。"胡子"，就是山林中打家劫舍的好汉；就连抗联的志士，也不过是"红胡子"而已。即使是居家过日子的普通农民，也是豁出命来从关里"闯"出去的。大碗喝酒，大块吃肉，做实事，敢担当，讲信义，两肋插刀，快意恩仇，和精英理解的风雅观念大不相同，与婉约无缘，更与空灵无关，但这就是故乡本色的文化。

这是英雄的文化，孕育在一片英雄的天地。留在当代历史上最著名的英雄，是东北抗日联军这个群体。只要你在隆冬季节徒步进入过长白山或是大、小兴安岭的森林，就会明白，与这群东北汉子持续十四年之久的武装反抗相比，全国其他地区的抗日活动，都没有资格再用"艰苦卓绝"来形容。

这样的东北汉子，过去有，今天当然还有，甚至还有人甘愿以只身承担拯救天下的责任。

我生性懦弱，活得很窝囊，窝囊得很不像个样子，既愧对这方土地的风水，更愧对前行的先贤。在这个世界上，能做的，只剩下本本分分地做好自己的学问，以此来表达对家乡土地上那些英雄的敬意。在铮铮铁骨的英雄面前，自己，生既有愧，还有什么好写的呢？还是安下心来，像一个初入学堂的学生一样好好读书，在有生之年，多做出一些切切实实的研究。毕竟自己是在东北的原野上长大的。看看大兴安岭漫山的落叶松，即使在雪中把绿叶落尽，仿佛失去生命的姿态，骨子里终究还是一棵松。

2017 年 7 月 15 日晚记

人生三章

在中国传统历法体系中，以十九年为一章。十九年后，在冬至"合朔"的时候，会回到历书中同一月份的同一天。因而，这是一个大数。当代学者中举此成数论学纪事，仅见我十分敬重的周振鹤先生，有论文集颜曰《学腊一十九》，载录自博士入学十九年内的论文，可惜大多数人并不一定理解这个书名的韵味。

回首我的人生第一章，懂事以后的大部分时间，几乎是与史无前例的"无产阶级文化大革命"相伴随而度过的。那个疯狂的年代，不仅摧残了这个民族无数顶级精英，也使无数像我一样的少年孩童，没有机会接受正常的教育。这种缺憾，是以后无论如何努力，也无法弥补的。

所幸我在这一章的末尾，迎来"拨乱反正"，1977 年年末考上大学，至 1978 年初，进入大学。读书求知，真是如饥似渴。

1979 年，伴随着人生第二章的展开，我确定了终生从事学术研究的生活目标，当时具体想要切入的专业，是历史地理学。为这条学术人生的路，我反复思考了一年多时间。大学一年级，就是在这样的思考中度过的。

人生的每一个选择，都意味着同时要做出更多的放弃。学术是寂寞的，学术也是朴素的，学术往往还是很清苦的。从一开始，我就十分清楚自己的选择都意味着什么，也就没有很多同道后来发生的困惑和出离，更不会把学术当作升官发财或者成为"社会贤达"的阶梯。

在这第二章内的大部分时间，是当代中国继20世纪30年代之后的第二个学术黄金时代。与现在刚刚进入学术界的很多年轻朋友相比，我们那个时代的人，是非常幸运的。我们呼吸的空气，弥漫着学术。这种空气，激励你奋发有为。不过现在看起来，这种景象，似乎又很不真实，更像是回光返照。

1997年，当我步入人生第三章的时候，中国的学术界，刚刚从巅峰陡然向下滑落。时至今日，第三章业已翻过，而中国学术界更是以前所未有的加速度滑向无底的深渊。

38年前矢志一生做学问的时候，就准备好了克服各种艰难困苦，同时也相信世上绝不会再搞"文化大革命"，相信学术的官僚化管理必然日渐淡出，相信脚下这块土地包括学术研究在内的所有文化事业一定日益昌盛。世事难以逆料，现实让人无语。能够做的，只有默默地坚持。坚持自己的初衷，坚持学术应有的品质。

活到这个年龄，精力日减，早已没有什么少年豪气，但也更多了几分定力。越活，越庆幸自己当年选择的人生道路，庆幸在一些重要时刻本着这一根本追求所做出的抉择，也越来越喜爱学术研究。

遗憾的只是日暮路遥，想读的书太多，想学习的知识也越来越多，想从事的研究更接连不断，而读书的时间自然是与时递减，能掌握的知识和能从事的研究，也都十分有限。不过这是谁都无可奈何的事情，惟一能做的，就是加倍珍惜光阴，加倍努力，争取在下一章的十九年内，读更多书，学更多知识，写出更好一些的著述。同时在退休前，也倾心尽力，站在自己喜欢的大学讲台上，教好书，上好课。

2016 年 8 月 11 日前夜记

图书在版编目（CIP）数据

翻书说故事 / 辛德勇著. — 杭州：浙江大学出版社，2019.1（2019.9重印）
（近思录）
ISBN 978-7-308-18586-8

Ⅰ. ①翻… Ⅱ. ①辛… Ⅲ. ①随笔—作品集—中国—当代 Ⅳ. ①I267.1

中国版本图书馆CIP数据核字（2018）第202074号

翻书说故事

辛德勇　著

责任编辑	王荣鑫
责任校对	赵　珏
封面设计	城色设计
出版发行	浙江大学出版社
	（杭州天目山路148号　邮政编码：310007）
	（网址：http://www.zjupress.com）
排　　版	浙江时代出版服务有限公司
印　　刷	浙江海虹彩色印务有限公司
开　　本	880mm×1230mm　1/32
印　　张	6.5
字　　数	153千
版印次	2019年1月第1版　2019年9月第2次印刷
书　　号	ISBN 978-7-308-18586-8
定　　价	48.00元